反戦川柳人 鶴彬の獄死

佐高 信

a pilot of wisdom

目次

・本文中、敬称を省略した場合がある。
・資料の引用は原則として、旧字体を新字体に改め、旧仮名遣いはママとした。なお、難読語に関しては適宜振り仮名を付した。
・引用には一部、今日の人権意識に照らして不適切な表現が見られるが、原典の時代性に鑑み、原文のママとした。

はじめに——同い年の明暗

新型コロナウイルスに明け暮れた二〇二〇年、NHKの朝の連続テレビ小説は『エール』だった。国民的作曲家と称される古関裕而《こせきゆうじ》・金子《きんこ》夫妻をモデルにしたドラマである。

古関は一九〇九年に福島に生まれているが、同じ年に川柳作家、鶴彬《つるあきら》が石川県河北《かほく》郡高松《たかまつ》町で生まれた。本名を喜多一二《きたかつじ》という鶴は、

万歳とあげて行った手を大陸において来た
手と足をもいだ丸太にしてかへし

などの激越な川柳を発表して捕えられ、一九三八年九月十四日、二十九歳で獄中死した。

その前年に日中戦争が始まり、古関は、

〽勝って来るぞと　勇ましく

の「露営の歌」で作曲家としての華々しいスタートを切る。
古関の曲には「愛国の花」もあるが、国を無条件に、あるいは無邪気に信じた古関と、
それを最期まで疑い続けた鶴の、あまりにも非情な明暗だった。
古関は西条八十《さいじようやそ》の作詞で、

〽若い血潮の予科練の
　七つ釦《ぼたん》は桜に錨《いかり》

という「若鷲《わかわし》の歌」も作っている。
西条と古関のコンビで作られた「比島決戦の歌」では、

〽いざ来い　ニミッツ　マッカーサー
出て来りゃ　地獄へ逆落し

とまで書いたので、二人は、戦後、米軍によって絞首刑にされるのではないかと恐れたという。

しかし、問題にするまでもないということで不問に付された。古関は自らの戦争責任を感ずることはなかったのか。もちろん、同い年の鶴が早々に国家によって虐殺されたことなど想像したこともなかっただろう。

戦後は一転して原爆許すまじの願いを込めて「長崎の鐘」を作曲した。私はそれを素直には頷《うなず》けない。

古関の自伝『鐘よ　鳴り響け』によれば、古関は一九四五年に入ってまもなく、海軍人事局から「特幹練（特別幹部練習生）の歌」の作曲を依頼される。作詞は西条で、「『若鷲の歌』以上のものを期待する」と言われた。

ところが、三月に入って突然、召集令状が届く。古関は驚いて海軍人事局に飛んで行き、令状を見せた。

古関は本名が古関勇治で、福島連隊区司令部では古関裕而とは気づかず、令状を発行してしまったのである。

担当将校はそう説明した後で、

「しかし一度、出した召集令は取り消すことはできません。今『特幹練の歌』の作曲をお願いしている時ですから、作詞ができるまで一週間くらい、入団していらっしゃい。ちょうど体験のためにはいいチャンスで、いい作曲ができるでしょう。海軍の人事はすべてこの管轄ですから、間もなく召集解除します」

と言った。

そして、およそ一カ月後に解除となった。

軍歌を作曲したことでそうなったことについて、古関は何の矛盾も感じていない。

歌は時に軍人の号令以上に人を動かす。十七歳で海軍に〝志願〟し、「若鷲の歌」などを歌った作家の城山三郎は、拙著『酒は涙か溜息か――古賀政男の人生とメロディ』に触

れて、私が古関の話をすると、涙を流しながら、

「激しい怒りを感じる」

と身体《からだ》をふるわせた。

古関は自衛隊の隊歌も作っているが、鶴の苛烈で短い生涯と対比する時、私も城山と同じように怒りに身体をふるわせないわけにはいかない。

古関ではなく、鶴の生き方と川柳をこそ後世に伝えるべきと思って、私はこの本を書く。

一　鶴彬を後世に遺《のこ》そうとした三人

1　一叩人《いっこうじん》こと命尾《めいお》小太郎の執念

命という字を分解すると一叩人になる。命尾小太郎の筆名である。この人がいなければ鶴の事跡は現在のような形で遺らなかった。また、その驚異の執念に気づく澤地久枝がいなければ、一叩人の執念は明らかにならなかった。もちろん、鶴が執念を傾けるに価する人であったからだが、一叩人はひたすら己を消して鶴の事跡を残そうとした。

澤地は私との共著『世代を超えて語り継ぎたい戦争文学』で、『昭和・遠い日　近いひと』の一章に鶴彬と、鶴を呼び起こした一叩人も書きたいと思ったが、「私のことなんか触れなくていい。鶴彬が大事なんだ」と一叩人に拒まれた、と語っている。

「昭和にこだわって書いてゆこう」と思った澤地は、鶴に関して図書館で『反戦川柳人鶴彬の記録』を見つける。全文ガリ版刷りの文庫版で、全三巻の全集だった。一叩人主宰『川柳　東』の別冊となっている。

「こういう資料の残し方を私は他に知らない。ショックでしたね。鶴彬の世界と一叩人の執念の双方が」

執念のひとの澤地を驚かせる『反戦川柳人鶴彬の記録』との出会いだった。

そして澤地は『昭和・遠い日 近いひと』所収の「反戦川柳作家 鶴彬」を書く。この時、一叩人についての原稿を「無残に切られた」のである。

一叩人は一九七三年から二年がかりで、全三巻九百三十五頁の記録を一人で、原紙を切って印刷した。まさに手づくりの全集である。

鶴彬　写真提供：朝日新聞社／ユニフォトプレス

「そこに至るまでの散逸した資料集めの苦労を思ったら、一叩人こそ書くべき人と思った」

と澤地は述懐しているが、

「私のことなんかいらない。鶴彬が大切なのだから」

と、一叩人の拒否の意思は固かった。

一叩人が鶴を知ったのは、一九六三年

十二月六日付の『アカハタ』（現『赤旗』）だった。そこからガリ切りの全集を作り始めるまで十年かかっている。

鶴彬こと喜多一二の墓は、兄の孝雄の計らいで盛岡の光照寺にあるが、孝雄夫人によれば、やっと見つけたその墓の前で一叩人は、

「ここに眠っていたのか、十年さがした、十年さがしたんだよ」

と言って涙を流したという。

一叩人は鶴より三歳下である。

鶴は実際には一九〇八年十二月に生まれているが、戸籍では一九〇九年一月一日となっているので、そちらを取りたい。

その殺され方を含めて、鶴は川柳界の小林多喜二とも言われるが、若くして亡くなったところは石川啄木《たくぼく》にも似ている。

それを踏まえて、澤地は、

「鶴は小林多喜二も石川啄木も読んでいて、啄木、多喜二と共通するものを持って生きた」

と語る。

ここに川﨑五郎編『ドキュメンタリー川柳詩　鳩になった川柳人――一叩人作品集』がある。そこにNHK国際局アジア部の要請で一九七七年十二月八日に一叩人が在外日系人向けに放送した「ある川柳作家　鶴彬」の原稿が収録されているので、それに従って、一叩人が鶴をどう捉えていたかを見ていこう。

一叩人（命尾小太郎）　写真提供：朝日新聞社／ユニフォトプレス

鶴彬はその短い生涯のなかで八百数十の作品を残しておりますが、一九二五年十六歳で川柳文壇に、その第一歩を記して以来、ひたすらに川柳文学とは、文学と政治、社会の相関性、そのなかの人間のあるべき姿を追究しつづけてまいりましたが、初期の二、三年を除いては、獄中病死に至るまで終始、変わらず働く者の文学、川柳の創造と発展につくしてまいりました。

そして、「手と足をもいだ丸太にしてかえし」を「人々の心の奥深く食い入っている、反戦平和の作品」とし、「平和をもとめ、戦争の悲惨さを訴える、革新川柳の始祖たるにふさわしいもの」として、他に、

高粱の実りへ戦車と靴の鋲
出征の門標があってがらんどうの小店
屍のゐないニュース映画で勇ましい

などを挙げる。

これらは「私たち人民に苦々しい想《おも》いを呼び起こさせると共に、私たちが子々孫々伝え続けねばならない教えが含まれている」というのである。

師範学校進学を養父に阻まれた鶴は、養父の経営する小さな機織工場で働き、劣悪な女

子工員の労働実態と職業環境にこんな川柳を作る。

もう綿くずを吸へない肺でクビになる

吸いにゆく——姉を殺した綿くずを

鶴は一九二七年、十八歳の時に大阪に出るが、その生涯については改めてたどりたい。「頭脳で考へるよりも胃袋で直観した」という鶴の川柳で、一叩人がこの放送で紹介しているものを挙げておこう。

めかくしをされて阿片を与へられ

退けば飢ゆるばかりなり前へ出る

鶴は一九三三年には金沢の第七連隊に入った。軍隊でも抵抗を続け、その大半を監獄で過ごしている。

一九三八年九月一四日、二十九歳で獄中死した鶴の川柳から一叩人は、

ざん壕で読む妹を売る手紙
修身にない孝行で淫売婦
暁をいだいて闇にゐる蕾
タマ除けを産めよ殖やせよ勲章をやろう

などを挙げ、放送を次のように結んでいる。

最後に、世界の平和を願って、鶴彬の
最後で最高の作品
手と足をもいだ丸太にしてかへし
手と足をもいだ丸太にしてかへし
を、海外におられる全ての日系人の皆さんへ捧《ささ》げて、私の話を終わります。

皆さんのご健康と、今後のご活躍を祈ります。

一叩人はまた、鶴の「俳句性と川柳性」を「俳句と川柳の発生的意義と階級性に言及」したものとして次のように紹介している。

花鳥風月にたわむれ、現実生活の葛藤から眼《め》をそらす、有閑層の俳句文学と、現実生活の苦悩や矛盾から脱《ぬ》け出せない勤労者層が生みだす川柳とは、よって立つ基盤とそれに起因する発展方向に相異があると明確に指摘している。

鶴に生涯を捧げたような一叩人は一九九九年春に亡くなった。享年八十八。『鳩になった川柳人』の編集に協力した一叩人の養女、命尾かよが二〇〇七年二月二十日発行の『婦人民主新聞』で、こう語っている。

二十二歳の時、父の家に出入りしていた男性にプロポーズされましたが結婚に踏みきれませんでした。ちっともときめかなかったし、父の方がずっと魅力的でしたから。

娘にそう言われれば本望だろうが、やはり気むずかしい人だったようだ。

電話がない人で、手紙を出して会いたいと言ったら、ある時、私の家の前まで来ていたことがわかった。偵察ですかね（笑）。

と澤地は私に苦笑したが、一叩人は関東大震災の後に建てられた同潤会系のアパートの、他は取り壊された最後の一棟に住んでいて、訪ねて行っても入れてもらえない。

その後で、「この間は無駄足をさせました」と葉書が来る。今度来る時には連絡してくれというから葉書を出して行くけれども、なかなか会えなかった。

しかし、澤地の粘りが一叩人の門を開く。澤地でなければ、一叩人が心を許すことはなかっただろう。一叩人の門は、そのまま鶴への門だった。澤地が一叩人との出会いを振り返る。

本当に大変な生活だったと思います。本人は夢中になって日本中歩き回り、鶴彬の足跡と作品を探し求めている。「新日本婦人の会」のビラの裏を使ってガリ版の全集が刷られているということは、奥さんもそういう活動にかかわっていたということだと思います。「妻が文句を言わないでやらせてくれたから助かりました」と、あるときぽつっと言われました。

一叩人はまさに「鶴に生き、鶴に死んだ人」だった。

ガリ版刷りの全集は限定百部で出したが、どこからも活字にしようという声はかからなかった。某革新政党出版部からは出版を断られている。

その時、一叩人は「自分のいる社会に絶望しただろう」と澤地は推測する。それを一九七七年にたいまつ社が一巻本で出した。同社社長の大野進は、むのたけじに傾倒した人だった。むのは一九四五年八月十五日に朝日新聞をやめ、郷里の横手に帰って新聞『たいまつ』を発行した。だから、たいまつ社である。

一叩人は、「厚みが倍になるくらいたくさんの差し込みがあって、輪ゴムがかかってい る、重たいたいまつ社版の原本」を澤地に手渡した。

「私は足で調べるので、もう……」

と一叩人は言いながら、澤地に「改訂版原本と言うべき全集」を託したのである。


いっぱい書き込みがあり、見つけた句の追加原稿が入っているから、よく本が壊れないというぐらい盛り上がっていた。個人誌『川柳 東』『鶴彬研究』を出していて、九四年に全部終刊にした。『鶴彬全集』の増補改訂版を出そうと、未採録作品を探しまわったあとです。その頃、私は訪ねていったのですね。

一叩人と澤地の出会いも鶴をめぐる欠かせないドラマだと思うので、『世代を超えて語り継ぎたい戦争文学』から私の拙い質問に答える澤地の発言を今少し、そのまま引きたい。

佐高　一叩人も、川柳人なんですか。

澤地　五〇代で川柳人になった人です。この人も一直線という人で、中国戦線から帰ってくる時か何かに、朝鮮半島の釜山《プサン》あたりで特高に捕まって留置されたりしたらしい。私はそういう話をちゃんと聞きたいから、訊《き》くでしょう。そうすると、「そんな話はいい」ってメモをさえぎった。

佐高　一叩人と鶴彬とは面識があるんですか。

澤地　まったくないんです。鶴彬を知って衝撃を受けるのは戦後、一叩人が川柳を投稿するようになって間もなく。

佐高　知って、のめり込んでいくわけですね。

澤地　そう。この人もやっぱり権力と闘おうと思っているわけですね。政治の現状のひどさとの非常なジレンマに苦しんだ。激しい人だと思います。穏やかに見えたけれどもこわかったわよ。

佐高　澤地さんがこわかったというんだから……（笑）。

澤地　私は何でもこわいわよ（笑）。

そのうちに、家の中に入れてくださるんだな、とわかる葉書が来る。一部屋しかなくて、小さな台所がある。入っていくと、一つベッドがあって、その脇を横になって通るようにして台所に行くようになっているので、座る場所がないの。彼は終日、このベッドで寝ているわけ。そのベッドの壁にカップラーメンがぎっしり詰まっている。そういう暮らしぶりでした。

私は、すぐ食べられるようなものとか、お菓子とかをみつくろって、それくらいのことはお年寄りに対する礼儀だと思うから、送っていたのね。

「拝呈、お心尽くしの品、二七日拝受いたしました。御礼が遅れたことをお詫《わ》び申し上げます。日々衰退の一途をゆくごとくで、すべて思うこともやることも断念せざるを得ないのが実情でございます。勝手申しますが、世界一汚い、かつは貧しい拙宅をご来訪していただけませんか。ご都合のよろしい日時お知らせいただければ幸いに存じます。拝具」という葉書が来たのが一九九六年四月、亡くなるちょうど三年前。それで私は行くようになったわけです。

天の配剤ともいうべきバトンタッチだった。

鶴彬を語り継ぐにこれ以上ない人から人へのリレーである。

前記の『婦人民主新聞』で、看護婦として働いた命尾かよがこう言っている。

養父母の家は四畳半と三畳のアパートで一緒には住めませんでした。

一叩人が東京共済病院に入院していた時に知り合って、「うちの子にならないか」と言われたという。澤地は一叩人を「小柄で瀟洒《しょうしゃ》な老紳士は、きわめてものやわらかな人物だが、意志は鋼を思わせる」と書いている。

澤地久枝は一九九八年九月十四日に発行した限定五百部の『鶴彬全集』の編者を一叩人とし、自らは復刻責任者と位置づけて、「復刻にあたって」にこう書いている。

わたしは鶴彬から一叩人が受けついだ意志と情熱とを、つぎなる受け手にひきつぐ中つぎ役であると思っている。今回の復刻出版は遅すぎたほどであり、しかもなお完本とは言いきれない。だが、これが現在、わたしにできたぎりぎりの到達点であることをわたしはよく知っている。

そして、巻頭には一叩人の「編者序」を引いている。一九七七年七月となっているから、たいまつ社の全集の引用である。

自らも川柳人であった一叩人は、そこで「川柳文学に固有の革新性」を次のように要約している。

初代柄井《からい》川柳（一七一八→一七九〇）が俳諧からの訣別《けつべつ》によって創始した前句付（いわゆる古川柳）は、彼一流の宣伝的興行方法によって、後世に功罪相半する罪《ざい》を残しはしたが、功《こう》の最たるものの一つは反抗精神批判精神を根幹とした諷刺《ふうし》詩川柳を庶民の中から汲《く》み上げたことである。これこそがまた、柄井川柳が「訣別」の断を下した所以《ゆえん》でもある。であるから、川柳文学は発生の過程において、少なくとも革新的であったのであるが、これを正しく継承発展させた川柳人の最高峰は鶴彬だと言える。なぜならば、江戸庶民によって創られ磨かれた川柳文学を、人民的実践主義の下に、政治と文学・経済と文学の合一に高め、革新川柳を創始したからである。江戸幕府の言論圧迫下に狂句化した川柳を、正しい姿への復元に努めた井上剣花坊《けんかぼう》を川柳中興の祖とするならば、文政経の合一の下に実践的文学活動に生涯を賭けた鶴彬は、まさに「革新川柳の始祖」と誇称してはばからない。

鶴と一体化した一叩人はこう宣言し、鶴の革新川柳論を引く。

まづ大衆的なものでなければならぬと思ふ。そして真の大衆を感動させるために、芸術的でなければならぬと思ふ。

特筆したいのは次の指摘である。

単純平明な表現は、単純無味低徊《ていかい》平板な表現とはまるでちがってゐる。それは深く複雑な内容を単純化し平明化して表現する事である。ゴリキーは「真理は単純を求め、虚偽は晦渋《かいじゅう》を欲する」。

一九七七年の時点で、鶴の死後四十年。失われゆく革新性を嘆いて一叩人は「高度経済成長によるオコボレ的潤いにふやけた現代庶民すなわちプロレタリア階級は批判精神も反抗精神も放棄させられ川柳の文学性は喪失され俗悪化の一途を辿《たど》りつつある」と怒って、序を次のように結ぶ。

いま、川柳界は封建的宗匠主義と初代川柳の残した罪《ざい》の中に安逸をむさぼっていながら、外に向かっては〝文学性の認知〟を求める虫の良さの中にある。もし真に〝文学性の認知〟を要求するならば、そしてその事自体が宗匠主義の崩潰につながることを厭《いと》わないならば、鶴彬の理論と実践をつぶさに検討し、鶴彬を超えた理論と実践にその方途を見出《みいだ》すべきである。

「鶴彬の遺作の総ては、川柳文学のバイブルである」とする一叩人は、別に『反戦川柳人・鶴彬——作品と時代』を編著として出した。そこで一叩人は鶴（T氏）の留置場生活を書いた平林たい子の自伝『砂漠の花』を引いている。

T氏といって、新興川柳派の若い人がいた。T氏は、川柳中興の祖といわれる井上剣花坊に師事して、同氏がなくなってからも、夫人信子を助けて雑誌を出していた。T氏がここに入れられる動機となったのは、その雑誌に、「万歳と挙げた手を大陸に置いて来た」といった反戦川柳をのせたことからだ。（中略）T氏のその川柳を、特高室ではじめて見せられたときには、思はず自分の憂鬱を吹きとばして大笑いした。この人心の逼迫《ひっぱく》の戦時に、そんな大胆な川柳を堂々と雑誌にのせる人間がいたとは、およそめずらしくのんびりしたことであった。（中略）金にも着るものにも事欠いて、いつもよごれたふうをしているT氏の姿は、さながら中野署にいる自分の夫の姿だった。（中略）若いT氏も私も、特高係に受けのよい従順な留置人ではない。私たちは、小さいことでよく反抗して、何日も留置場に置きぱなしにされた。

剣花坊夫人の信子は、鶴が亡くなる一週間前の九月七日の日記にこう記している。

豊多摩病院へ喜多氏を見舞ふ。意識モーローの中からにも井上信子なることはたしかに認めたかのやうであったのは自分としては大なる喜びであった。暇《いとま》を告げる際に、「僕は快復してもやっぱり奥さんの所へ行かなければならない、奥さんも体を大事にして病気などしないで下さい」以上が喜多氏の最後の言葉であった。

ベッドに手錠でくくりつけられたまま、鶴はこう言ったのだった。

鶴の死については、元七三一部隊の一員で伝染病棟の医師だった湯浅謙の、こんな証言がある（拙著『石原莞爾　その虚飾』）。

「一九三七年頃（昭和12）〈丸太〉は傷病兵に対する隠語であった。――留置場で普通の赤痢で死亡することは皆無である。とても考えられない特異な例だ。赤痢菌添加物を食べさせ実験してから、赤痢菌多量接種して死亡させる、は考えられる。――皇軍による罪科の殆《ほとん》どは証言者が現れ解明されているが、特高関係については未だに誰も証言して呉れない。だから特高の本当の任務内容が闇の儘である。証言者が現れたら赤痢菌を接種されたかどうか見当がつくのだが――。鶴彬は（七三一部隊用語の）マルタ一号にされたのではないでしょうか」（岡田一杜、山田文子編著『川柳人鬼才鶴彬の生涯』日本機関紙出版センター）

官憲による鶴への赤痢菌注射説に確証はない。ただ、噂としては死亡当時からあった。もし、「マルタ一号」にされたというのなら、意味は違え、冒頭の「手と足をもいだ丸太にしてかへし」が、また、異なった色彩を帯びてくる。

2　澤地久枝の彫心鏤骨《ちょうしんるこつ》

「誰もやらない仕事であるなら、なおのことわたしはやらなければならない」と決心して澤地は『鶴彬全集』を完成させた。一叩人の志の「非力な代行者」としてである。

それは一叩人が調べることができなかった『北國新聞』の「北國柳壇」に載った鶴の句を見つけることから始まった。

澤地の『発信する声』に収録された「反戦川柳作家の生と死」によれば、窪田銀波楼選の「北國柳壇」に「(高松)喜多一児」の作品が登場するのは一九二四年十月二十五日付の『北國新聞』夕刊だという。本名の一二にちなんでの一児だが、十五歳の鶴少年は石川県河北郡高松町に住んでいた。親の縁が薄かったその生涯については改めてたどる。

澤地が引いている「北國柳壇」の句から、私の目に止まったそれを引いていこう。

可憐なる母は私を生みました
親の命日を知ってる妓《こ》の瞳
死んでも赤の他人は泣きません
魂《たましひ》がふと触れ合った或日《あるひ》です
五と五とは十だと書いて死にました
暴風と海との恋を見ましたか

これがいずれも十五、六歳の時の句である。早熟なその才能は田中五呂八《ごろはち》や木村半文銭《はんもんせん》に認められ、彼らの主宰する雑誌に寄稿を求められて、鶴の世界は広がってゆく。

一九二七年には東京に出て、井上剣花坊・信子夫妻や渡辺尺蠖《しやっかく》らとのつきあいも始まった。

澤地久枝　写真提供：共同通信社／ユニフォトプレス

釈尊の手をマルクスはかけめぐり

踏みたるは釈迦とは知《し》らず蟻の死よ

マルクスの銅像の立つ日は何時《いつ》ぞ

都会から帰る女工と見れば病む

高く積む資本に迫る蟻となれ

十九歳の時には高松プロレタリア川柳研究会の中心メンバーとなって「今や芸術は特殊階級の遊戯的所産

ではない」と宣言したりした。

人見ずや奴隷のミイラ舌なきを

こうした作品に注目したのは川柳人ばかりではなかった。澤地が指摘する如《ごと》く、「川柳の本質を見抜いて鋭く突いたのは、影響力をもつ川柳作家たちではなく官憲なのであった」。
危険が迫った鶴を剣花坊が「よし！」と一言答えてかくまう。信子と剣花坊の庇護《ひご》を受けながら、鶴は次のような作品を発表する。

屍みなパンをくれよと手をひろげ
血を流す歴史のあした晴れ渡る
海こえて世界の仲間手をつなぎ
槌と鎌くまれてパンの山動く

プロレタリア生む陣痛に気が狂ひ
獄壁を叩《たた》きつづけて遂に破り

「槌《つち》と鎌」は労働者と農民の同盟を意味するソビエト社会主義共和国連邦（現ロシア）の国旗のシンボルである。

そして一九二八年十一月以降、筆名を鶴彬とした。

団結の果てに俺いらの春の花
検束をしても亦組む腕と腕
大衆の怒濤死刑をのりこえる
出征のあとに食へない老夫婦

前記『世代を超えて語り継ぎたい戦争文学』で鶴について語った時、澤地は、

「この人は非常に早熟な人。早く死ぬ人は早い時期から醒《さ》めていると感じます。才能も早

く出てくる。私、彼は一五、六歳で恋愛をしていると思う。具体的な資料はないけれども、ロマンティックな川柳がかなりある。初期のノンポリのところから出発して、わずかの時間に駆けのぼっていった」

と言ったので、私が、

「その辺は啄木と似ていますね。

悲しさよ　水と油の恋でした

というのがありますね。一六歳の時の作」

と応じると、澤地は、

「ずいぶんませた少年だな（笑）と私は思いながら写しましたけれど」

と笑った。

この時はこんなやり取りもしている。

「彼は天賦の才と同時に、論戦がすごいですね」

と私が言ったのに、澤地が、

「はい。それは誰かさんに似ている（笑）。先輩であれ年長者であれおかまいなしに、ありったけの批判の言葉を込めて書く。手心というものが全然ない人なの」

と受けたので、私はあわてて、

「ないですね。私なんか手心ばっかりです（笑）」

と躱《かわ》し、こう続けた。

「読んでいて気持ちがいいぐらいの激しさです。木村半文銭なんていう人をめちゃくちゃ批判するけれども、その人と一緒に選者にもなっている」

そして澤地が次のように締め括《くく》った。

「最初は、半文銭に目をかけられ、毎月その川柳雑誌に寄稿して、なにがしかのお金をもらっていて、いい関係だったのでしょう。でも、鶴はだんだん政治傾向が強くなってくるから、半文銭は退《さ》がっていく。それを批判しはじめたら呵責《かしやく》ない。

古い形式である川柳に新しく光をあててよみがえらせ、武器にしようと、鶴彬は命懸けだったと思います。川柳界全体を見て、なんとだらけているのかと怒る。きのうまでは父と息子のように接していた人でも、言葉を極めて痛撃する文章を発表するようになるのです」

食べられない時に、友人たちがわずかずつお金を寄せ合って鶴に鶉《うずら》を飼わせ、その卵を売ったりもした。「鶴彬に生活を与へるための会」である。

遺品を見ても、足の指あとが残っているちびた下駄と墨壺《すみつぼ》くらいで何もない。本当にどん底の生活だった。

そう述懐する澤地が私家版で『鶴彬全集』を出す。限定五百部。定価一万六千円。安くはないが、さばけるまで一年もかからなかった。

「分割でどうでしょうか」と言ってきた人もいて、「あなたの分は別にしておくから」と返事したこともあるという。

「九〇％は文学に縁がないような人。知っている名前の人はほとんどいなかった」

と語る澤地に、

「それだけの衝迫力があるということですね」

と言うと、澤地は、

「同じような立場にあって、しかし抵抗もできないでいる人たちが、どこかで鶴彬のことを耳にはさんで、自分たちはせめて本だけでも買っておく義務があると思わせるものを持っている。そういう生き方と死に方をした人」

と答え、

「一叩人さんは、以《も》って瞑《めい》すべしということでしたか」

と尋ねると、

「復刻版を鶴彬没後六〇年目の命日の日付で出して、命日の前に届けに行きました。一叩人さんは黙って、じーっと本を見ていた」

と語った。


澤地は鶴の師匠の井上剣花坊について「川柳を変革しようという反骨の人ですが、性根のところに、天皇制肯定があった人」と言っている。

澤地が「有限会社　久枝」まで作って、『鶴彬全集』の復刻に注力したのは、鶴が天皇制否定を貫いたからでもあった。

「万歳とあげて行った手を」の前段には「天皇陛下」が隠れている。

「テンノーヘイカ　バンザイ」なのである。

自らも皇国少女だった澤地は生涯それを悔い、否定して殺された鶴を、どうしても後世に伝えなければならないと思った。

若き日、『婦人公論』の編集者だった澤地は『大義の末』を書いた城山三郎に「天皇制への対決」という原稿を頼んでいる。それは同誌の一九五九年六月号に載った。

皇太子のご成婚ブームにこの国が沸き立っていた時、何かそのブームに乗らない異質なものを雑誌に載せる責任があると思った澤地は城山に、

「このブームに対して何か書いてください」

と頼む。この時、澤地は二十代後半、城山は三十代前半だった。

天皇制を信じ、十七歳で海軍に志願した城山は、戦地に行かずに敗戦を迎えたが、万歳とあげた手を大陸において来た先輩は〝他人〟ではなかったのである。

「これから小説を書くために自分をカンヅメにするところだ。困ったな」

と首をかしげる城山に澤地は、

「どうしても」

と迫った。

「私はその頃、心臓手術を受けなければ生きられないとはじめて言われて、入院の予定も決まっていましたから、説得は迫力があったと思うのね、われながら」

ほぼ半世紀後の、『世代を超えて語り継ぎたい戦争文学』での私との対談で、澤地はこう振り返った。


しかし、澤地が規定するように「師であり父であり、盟友である剣花坊」が亡くなった時、鶴は剣花坊を弔う長詩「若き精神を讃へる唄」を発表した。一九三四年十月二十八日の日付があるこの詩には「幾度読み返しても、鮮烈な感動がある」と澤地は言う。「愛情と志で結ばれた二人の呼吸が伝わる」からである。

澤地が、鶴の全作品中、「いちばん好きだ」とまで評価するこの詩を掲げよう。なお、括弧の中は剣花坊の句である。

肉体の老ひに背ける

若きたましいのもちぬし
井上剣花坊のために
言葉の花束を投げよ！
びんの白髪を毛抜きでひっこぬき
声帯にみづみづしい情熱を籠らせ
新しき川柳レアリズムのために
若き時代に反動する弟子たちと
袂を別ち
死にいたるまで
若き時代の精神を
足どり高く鋭く、うたひあげた
偉大にして誠実なる川柳詩人
なんぢ、井上剣花坊よ！

×

一九二八年の秋――

…………

ずらかる隠れ家を求めた僕を
よし！　と一言答へてかくまってくれた
その高い同情に
彼と僕の良心が交流した
まるく大きな瞳を血走らせ
痩せた肩をいからし
きゃしゃな拳をにぎりしめ
新しい歴史の見透しに就いて
なめくじを重ねた二枚の唇から
朗々たる声をほとばしらせ
泡をとばして、憤り論じた
あのおもかげよ！

×

——(冬をみな草の姿で打ちのめし)
また
——(地にくちづけて土喰ふ飢よ)
そして
——(この乗合の人達と終点へ)
求めた終点の駅は一つだったが
選んだ乗物とレールは一つではなかった
彼のレアリズムの旗のひるがへるところ
それは支那古代の政治的幻想——
王道主義の嶺——
僕のレアリズムの旗のへんぽんたるところ
それは近代ブルジョア社会の科学的批判——
マルキシズムの峰——

ともに化膿した肉体への憎悪の旗印——
——君がその純情を
　　牢獄にかけて貫くなら
　　無条件で頭を下げよう——
いま、われわれの旗は嵐に吹き千切られ
しかし、依然として嵐にボロをはためかせる
判決のうらみを奥歯に嚙みしめ
ふたゝびプロレタリアの唄をうたふ
彼に頭を下げさせるためではない
この転形期に生きぬく
良心のほとばしりのためにだ
あゝ良心よ、良心よ
われわれは愛しいお前のために
叛逆者の十字架を背負ふ

彼も、僕も、また君たちも
×
古い時代の教養のなかから
新しい時代の良心をはらみとるために
苦しい十字架を背負ふために
二つのおのれの闘ひにうづき、うめいた
彼の悲劇の叫びに栄光あれ
――「二十七年いまだ陣痛！」
×
死なしてはならぬ
大切な仕事を仕残して
忽然と消えた川柳の星よ
星は放つ光りのうちに
隕石になる約束をはらむとは言へ

まだまだやってもやり切れぬ仕事の半ば、
つひに落ちた星をおもふとき
心は悲しみにかげるのだ

×

悲しむことのうるはしさよ
しかし、悲しみに敗けてはならぬ
かかる愚痴と未練は
隕石になった星と一しょに
言葉の花束でうづめてしまへ
いまこそ若き時代のために
プロレタリアの夜明けのために
彼の詩の情熱がさし示す
新鮮な黎明の大気を
胸深く呼吸せよ

――（黎明の大気の中にひらく花）
肉体の老ひに背ける
若きたましいのもちぬしよ
なんぢのすべてを
未来の花咲かせる
われらの意志と情熱に安んぜよ

（「若き精神を讃へる唄」『川柳人』二六六号）

この時、鶴は二十五歳。まだまだ若いが、それからわずか四年後に死を迎えることになる。澤地は死の前年に書いた鶴の「川柳は一つの武器である」の一節を「忘れがたい」という。

僕自身といへども僕の青春期を困難な政治闘争に賭け、囹圄《れいご》生活の苦悩をまで背負はされてきてゐるのだから、政治につく方が文学につくよりも直接的効果的であることはわかってゐる。わかってゐるが、現在の困難な状勢はそうやすやすとわれわれが政治につくことをゆるさないのだ。（中略）だから僕ははじめ文学から出発し、政治に入りその政治にやぶれてまた文学へかへってきたのだ。文学といへども立派な文化的実践であることを知ってゐるが故《ゆえ》に、時代にやぶれ、食ふことすらむずかしいからだを鞭うって闘ってゐるのだ。

（「川柳は一つの武器である」『火華』二十九号）

最後の「時代にやぶれ」以下に澤地は傍点を付している。

澤地の指摘するように「人生をふりかえり、まるで遺言のような回顧をしながら、なおかつ闘う意志を鶴彬は示している」のだった。

屍のゐないニュース映画で勇ましい

胎内の動き知るころ骨がつき

『北國文華』一九九九年復刊2号掲載の「忘れ得ぬ人　鶴彬——二十九年の遍歴」を澤地

は次のように結ぶ。

（昭和―筆者注）十二年十二月三日、東京野方署に検挙、翌年八月、留置場で罹患《りかん》の赤痢の病状悪化によって豊多摩病院へ身柄拘束のまま入院。おもゆとリンゴ汁しか口にできない病状となり、そのリンゴも十分にはない衰弱の果てに、鶴彬は絶命した。一九三八年九月十四日午後三時四〇分死去。享年二十九。惜しみても余りある死だった。天皇制国家によって殺されたのである。

澤地が城山に「天皇制への対決」を頼んだのは、城山の『大義の末』の特に「あとがき」に惹《ひ》かれたからだった。

この作品の主題は、私にとって一番触れたくないもの、曖昧なままで過してしまいたいものでありながら、同時に、触れずには居られぬ最も切実な主題であった。

こう書き出された「あとがき」は「皇太子とは自分にとって何であるか」という問いを除外しては自分の生の意味を問うことはできないと続く。「世代にこだわる訳ではないが、私の世代の多くの人々もこうした感じを抱かれると思う」と城山は言うが、城山より三歳下の澤地ももちろん「私の世代」だろう。

私より十八歳上の城山について私は『城山三郎の昭和』を書いた。それが角川文庫に入る時、澤地に解説を頼んだ。

そこに澤地はこう書いている。

昭和の幕開きに城山さんが生れ、敗戦の年の一月、佐高さんは生れる。

昭和には、「戦争の暦」の日々があり、一九四五年八月十五日のポツダム宣言（降伏勧告最後通牒《つうちょう》）受諾・敗戦により、二つの時代となった。とはいえ、天皇制という臍《へそ》の緒につながれた一つの昭和でもある。

この「臍の緒」をはずせば、日本の歴史がよく見えると言ったのは、ベストセラー作家の司馬遼太郎だった。

日本の歴史をみるときに、天皇の問題をはずすと、物事がよく見えるね。天皇という問題にこだわるとぜんぜん、歴史が見えなくなる。だから、天皇というものからきわめて鈍感に、それを無視して眺めると、幕末もよく見えるし、明治も見えると思っている。

（司馬遼太郎・小田実『天下大乱を生きる』）

こう告白する司馬は「天皇というのは尾骶骨のようなもので、おれたちには関係のないものだと思って」生きてきたという。

それで私は『司馬遼太郎と藤沢周平』で、「正直さは買うが、こうして日本の歴史が『見えた』つもりになってもらってはたまらない。最も難しい、最も厄介な問題を無視して『見えた』歴史が歴史であるはずがないのである」と批判した。

『世代を超えて語り継ぎたい戦争文学』での城山についての対談で澤地は、城山が広田弘《こう》毅《き》を描いた『落日燃ゆ』に触れ、声を高くしてこう言った。

「天皇のあの発言は城山さんの本にしかない。広田組閣にあたっての予想以上の踏み込み方です。二・二六事件など、日本の歴史にマイナスの意味を持つ事件の行方を制した天皇の発言がある。だから、『落日燃ゆ』を軽々しく読んでもらいたくない」

それで私は、

「『一切取材に応ずるな』と言って亡くなった広田の息子が、大岡昇平の口添えによってはじめて口を開いたからわかった言葉ですね。次男は広田の秘書をやっていた。まさに門外不出のようなその証言を城山さんが小説の中に書いた」

と応じたが、それは次のようなものである（『落日燃ゆ』）。

石屋の息子で首相になった広田に昭和天皇が「名門をくずすことのないように」と注意するのである。はずんでいた気持ちに冷水を浴びせられ、索然とした思いで広田は宮中を出た。また、予算編成の近づいた時に呼び出され、「大元帥としての立場からいうのだが」と前置きされて、陸海軍予算の必要額を告げられる。粛軍《しゆくぐん》を掲げて努力していた広田は呆《ぼう》然《ぜん》として言葉を失った。

天皇は最後に「国会で審議して決めるように」と付け加えたが、広田の驚きと落胆は消えなかった。

最近よく、強権的で独裁的な政治家に比して、民主的な天皇に期待するといった言い方がされるが、天皇と民主主義は本質的に相容《あいい》れないものである。

城山とは鶴の話をしたことはない。しかし、鶴の句を知ったら、わがこととして共感するだろう。一九二七年八月十八日に城山が名古屋に生まれた時、鶴は十八歳だった。鶴が亡くなった一九三八年九月十四日には十一歳になっていた。

そんな城山と違って、司馬は鶴には共鳴しないと思われる。

澤地との対談でも、その差が話題となった。要するに天皇制へ違和感を持つかどうかである。

司馬と城山をめぐって、澤地と私はこんなやり取りをした。

「読者の中にどのくらい城山さんを読んでいる人がいるかわからないけれども、司馬遼太郎と同じみたいに見ている人もいるようですね」

と私が切り出すと、澤地は、

「まるで違いますね」

と応じた。

「今だから言いますが、城山さんは司馬さんに対してものすごく厳しかった。『あの人は神の立場で書いている。自分は違う』と繰り返し言っていました」

と私が続けると、澤地は、

「財界の人たちは、まず愛読書といったら司馬遼太郎の本を挙げるじゃないですか。『坂の上の雲』とか。司馬さんの作品は、さしさわりがないのよね。労働組合の人も読んでいる。だから『国民的作家』なんて言っているけれども、やはりどこかで踏みとどまって体制の側にいた人だと思う」

と断定した。


司馬は城山より四歳上である。司馬と城山の間に三島由紀夫がいる。三島についても城山は批判的だったが、城山の『大義の末』の解説に私はこう書いた。

城山が亡くなって、もう13年になる。2007（平成19）年5月21日に開かれた

「お別れの会」で私は辻井喬《つじいたかし》こと堤清二《つつみせいじ》や渡辺淳一《わたなべじゅんいち》と共に弔辞を読んだが、この会には中曽根康弘《なかそねやすひろ》や小泉純一郎《こいずみじゅんいちろう》も参加していて、私は彼らにぶつけるように「城山さんを語る時、勲章拒否と現憲法擁護の二点だけははずしてほしくない」と強調した。「戦争はすべてを失わせる。戦争で得たものは憲法だけだ」と城山は口癖のように言っていた。

紫綬褒章《しじゅほうしょう》を断る時、城山は「おれは国家というものが最後のところで信じられないのだ」と胸中の思いを吐露しているが、17歳で〝志願〟して海軍に入った城山は、皇軍、すなわち天皇の軍隊というものがどんなものかをしたたかに思い知らされ、国家に裏切られたという痛みを終生消せなかった。また、自分は〝志願〟したと思ったが、あれは志願ではなかった、言論の自由のない天皇制ファシズム下の当時の社会が〝強制〟したのだと悟って、その傷を抱えたまま戦後を生きたのである。

そんな城山が、信じてしまった少年の自分に復讐《ふくしゅう》するように、あるいは精神の火傷《やけど》を負った自らの青春を切開するように書いたのが、この『大義の末』である。城山にとって、これは書かずにはいられない作品だった。文字通り、城山文学の原点であり、最重要の小説である。

この作品は、城山の分身ともいえる柿見が、杉本五郎という中佐によって書かれた『大義』を信じて軍隊に入り、前歯を折る場面から始まる。銃を持って転びそうになった柿見はとっさに銃をかばい、顔を岩にぶつけた。

「陛下の銃」だから疵《きず》をつけてはいけないと思ってである。しかし、そりゃ、陸さん（陸軍）のことだ、と上官に軽くいなされる。

そんな理不尽ばかりで埋めつくされた軍隊から帰って、柿見はうまく戦後に適応できなかった。適応できなかったのは柿見だけではない。

同郷の戦友、種村は死んだが、還《かえ》って来ない息子の年の数だけ、寺の住職夫人の母親は鐘を撞《つ》く。毎日5時と10時に19撞くのである。還って来たのに首を吊《つ》った小島という同級生もいた。

次の柿見の述懐は、そのまま、17歳で敗戦を迎えた城山の述懐であるに違いない。

「生きていていいのか。後めたくないのか。終戦前は生きているということが負債であった。だが、いま、種村が死に、小島が死んだ後で生きているということには、またあたらしい罪のにおいがした。生きて行こうとすることが、あばずれのわざに見えた。これから先の一生、いかに善く生きようとも、種村や小島、死んでしまった奴《やつ》にはかなわない気がした。そして、実際に生きるめやすもなかった。無限の休暇の中で身も心も惚《ほう》けて、やがて、はるかな空にうすれて行くのだ」

「あらっ、また、柿見さんとつきあってる」

城山は新婚時代に夫人にこう言われながら、『大義の末』を書いた。作中で柿見は天皇制を次のように断定する。

「天皇というものは、支配権力にとって実に便利な存在だからな。国民の総意を代表し、それを越えた存在ということにしておけば、たとえ自分たちが不都合なことをしても、天皇の意志だと責任を逃れられる。国民の批判を無視することができる。世論にすり代り、世論をおさえつける権威——天皇元首説がまた出てくる筈《はず》だ。しかも、憲法改正ということで再軍備と結びついて。……国防などと言ったって、結局、そのときの政治権力を守るだけ。国民は狩り出され殺される。そんなとき、一番適当な冠が天皇制だ。天皇という一語ですべてが正当化される」

種村の母の住職夫人は、昔は境内で子どもたちが遊んでいるのを喜んでいた。しかし、息子の死の後、どんなに子供会や婦人会から頼まれても、子どもの姿を見ると追い出してしまうようになった。そんな母親を見ながら、種村の妹が語気を強める。

「愛国心などと言い出す人を見ると、そんな人は戦争でただ得だけしてきた人じゃないかと、にくくてなりません。どれだけ兄のような犠牲を見れば気が済む人なのかと……。みんなが幸福にくらせる国をつくれば、黙っていたって愛国心は湧いてくるじゃありませんか」

その通りだろう。愛を押しつけるとはストーカー行為にも似て不粋の極みであり、押しつけられた愛国心がどんなに歪《ゆが》んだものになるかはあの戦争で十分に学んだはずではなかったか。

城山と違って強制的に天皇制国家の大日本帝国の軍隊に放り込まれた鶴は、もっとストレートに天皇制への呪詛《じゅそ》を肥大化させただろう。

そんな鶴のことを澤地が知ったのは、昭和という時代に関わりのある資料を集めている中でだった。二〇〇九年十二月号の『俳句界』で私と対談した時、澤地は、一叩人と鶴について書いたのは一九九〇年代だったと思う、と語っている。

当時はまだ、故郷で鶴は知る人ぞ知る存在で「獄中死したアカ」という見られ方だった。

「それが今では町をあげて、郷土の誇るべき作家として扱われているのですから、すごいことよね」

と澤地は続けているが、それでも、「天皇制という臍」を除いた形で、鶴を顕彰してはならないだろう。それは鶴自身が望まないに違いない。天皇制（批判）にこだわり続けた城山をここで取り上げた理由である。

3　伝達者、坂本幸四郎

鶴彬を伝えた人の三人目に坂本を挙げる。

坂本は、一九七七年に『雪と炎のうた――田中五呂八と鶴彬』を出し、一九九〇年に『井上剣花坊・鶴彬――川柳革新の旗手たち』を発表して、まとまった形での鶴彬を世に問うた。この二冊が果たした役割は大きい。

坂本は後者の「あとがき」に、戦後はじめて鶴を紹介したのはアナーキスト詩人の秋山清だと書いている。

『思想の科学』の一九六〇年九月号に掲載された「ある川柳作家の生涯・反戦作家・ツルアキラ」でだという。

一九八六年に坂本が出した『新興川柳運動の光芒』によれば、秋山の鶴に対する評価は辛い。一九三七年に日中戦争が始まり、好戦的な空気が世に満ちている中で並々ならぬ反戦の意欲をぶつけていることは評価するが、「比喩が手っとりばやすぎる」と思ったのだった。

昂奮剤を射された羽叩きでしゃもは決闘におくられる
しゃもの国万才とたほれた屍を蠅がむしってゐる
をんどりのゐない街へ貞操捨て売りに出てあぶれる

これら「しゃもの国綺譚」という連作は、「権力階級と民衆とを、しゃもの親方としゃもにたとえてみせた」にすぎないのではないか。これでは「非文学的にすぎる」と秋山は批評した。

それは秋山がまだ二十代の鶴に検閲の目が光ることを心配し、「検閲の目をくぐりぬけて民衆の胸にとびこむのでなければ川柳の値うちがないじゃないか」とかばいたい気持ちから出たものでもあった。

しかし、秋山は「うまい作品ではないが他の気の利いた反戦作品にくらべて、並たいていでなく強力ななんかがある」と衝撃を受けた。「なるほど鶴彬のものだな、とおもわせる」「作品をつらぬいている意欲の、あるはげしさ」を感得したのだった。

秋山は、鶴が井上信子の世話で入社してきた深川木材新聞社で、仕事上の先輩でもあった。

こんな秋山の仲間の詩人、岡本潤についても語っておきたい。岡本は「ひんまがった自叙伝（I）」の副題を持つ『罰当りは生きている』に、「見かけによらぬ計画性とねばり強さをもつオルガナイザーだった」童顔の秋山の手によって、一九三三年、同じ題名の詩集『罰当りは生きてゐる』は刊行された、と書いている。しかし、直ちに発禁。それでは、やはり同じ題名のその詩を左に掲げよう。

あなたは一人息子を「えらい人に」成らせたかつた
「えらい人」に成らせるには学問をさせなければならなかつた
学問をさせるには金の要る世の中で
肉体よりほかに売るものをもたないあなたは何を売らねばならなかつたか
だのにその子は不良で学校を嫌つた
命令と服従の関係がわからなかつた
先生の有難味といふものがわからなかつた
強ひられることには何でも背中を向けた
学校へは上級生と喧嘩《けんか》をしに行くのであつた
一から十まであなたに逆らふ手のつけられない「罰当り」だつた
その子はあなたを殴りさへした
——その時その子が物陰で泣いてゐたことをあなたは知つてゐますか

それでもあなたはその因果な罰当りを天地に代へて愛さずにはいられなかつた

学校を追はれた不良児は当然社会の不良になつた
社会の不良は「えらい人」が何より嫌ひでそいつらに果し状をつきつけた
「善良な社会の風習」に断乎として反抗した
その罰当りがここに生きてゐる
正義とは何かをつかんで自分を曲げずに生き抜かうとする叛逆者の仲間に加はつて
警察へひつぱられたり　あつちこつち渡り歩いたり
飢ゑて死んでも負けるかと云《い》つて生き通してゐる

お母さん！
あなたが死んで十年
だがあなたの腹から出てあなたを蹴つた罰当りの一人息子は此《こ》の世《よ》に頑然と生きてゐます

「社会の不良」としての、こうした「罰当り」の精神は鶴にも共通する。鶴も「命令と服従の関係」がわからず、「強ひられることには何でも背中を向けた」からである。

また、「善良な社会の風習」に疑いを持ち、「断乎として反抗した」。

「罰当り」という呼称は岡本にとって、むしろ誇るべき言葉であったように、鶴にとっても、それは卑下したりする言葉ではなかった。

社会の「罰当り」という意味でも、岡本と鶴の共通性を私はここで指摘しておきたい。

ただ、鶴が詩人として最も評価していたのは「馬車の出発の歌」の小熊秀雄である。

鶴は『詩精神』誌の小熊選の詩の募集に応募した。坂本は前記の『新興川柳運動の光芒』に「小熊秀雄の真価が世に認められるようになったのは戦後で、中野重治氏や小田切秀雄氏らによって紹介されてからである。鶴彬の眼力の鋭さがわかる」と書いている。それでは、まず小熊の代表的な作品「馬車の出発の歌」を引こう。

仮りに暗黒が
永遠に地球をとらへてゐようとも
権利はいつも
目覚めてゐるだらう、
薔薇《ばら》は暗の中で
まっくろに見えるだけだ、
もし陽《ひ》がいっぺんに射したら
薔薇色であつたことを証明するだらう
嘆きと苦しみは我々のもので
あの人々のものではない
まして喜びや感動がどうして
あの人々のものといへるだらう、
私は暗黒を知つてゐるから
その向ふに明るみの

あることも信じてゐる
君よ、拳を打ちつけて
火を求めるやうな努力にさへも
大きな意義をかんじてくれ

幾千の声は
くらがりの中で叫んでゐる
空気はふるへ
窓の在りかを知る、
そこから糸口のやうに
光りと勝利をひきだすことができる
徒《いたず》らに薔薇の傍にあつて
沈黙をしてゐるな

行為こそ希望の代名詞だ
君の感情は立派なムコだ
花嫁を迎へるために
馬車を仕度しろ
いますぐ出発しろ
らつぱを突撃的に
鞭を苦しさうに
わだちの歌を高く鳴らせ。

一九〇一年に小樽《おたる》に生まれた小熊は、一九四〇年に肺結核で亡くなった。鶴より八歳年上で二年遅く亡くなったわけである。

「諷刺、ユーモア、滑稽の区別をとやかく言ふよりも、これらのものは、すべて『諷刺的ヂャンルの文学』の中に包含してをいて一向に差支へない」という小熊の言葉を引きながら鶴は、この言葉は「この国の作家詩人達が、諷刺を遠まはしなあてこすりの意味においてしか理解してゐないと同時に真の刺激こそ、諷刺以外の文学のヂャンルや方法が手をつくねてゐる、現代の真実をみごとに抉り出す、もっとも直截《ちよくせつ》的な方法に外ならないことを胴忘れしてゐる現状について、放たれたもの」だと喝破している。

ところで、私が鶴の名と川柳を知ったのは、一九七一年に出版された高橋嗔一《しんいち》の『歴史と庶民の対話』によってだった。教師になって四年目の二十六歳の夏である。

私は鶴の「初恋を残して村を売り出され」などとともに「修身にない孝行で淫売婦」という川柳を読んで、丸太で撲《なぐ》られたような衝撃を受けた。以来、この文字通り肺腑《はいふ》をえぐるような鶴の川柳を求め続けたのである。そして、『雪と炎のうた』に出会う。

高橋の『歴史と庶民の対話』には前掲の川柳の他に、次の、

稼ぎ手を殺してならぬ千人針
つけ込んで小作の娘買ひに来る
塹壕で読む妹を売る手紙

と「井上剣花坊門下の川柳作家鶴彬は軍隊のなかで反戦活動をつづけ、計四年間の軍隊生活を星一つ（二等兵）のままで除隊したが、昭和十二（一九三七）年逮捕されて若い生命を断たれた」と書いてあるだけだった。

流行歌などにも着目する在野の史家の高橋は『歴史の眼』所収の「皇太子と正田美智子さんの結婚」というエッセイで、

アキヒト君とミチコさんの結婚、それはほんとにおめでたいことだ。それはエイイチ君とトミコさん、タツサブロウ君とジュンコさんＥＴＣが結ばれたと同じ意味でおめでたいことだと思う。

とある人が言うのに、こう返答させている。

日清製粉の社長、日経連の常任理事（兼経済同友会幹事）の娘を「粉屋の娘」だ「平民だ」、とうけとるのは、現代が資本主義社会であることを忘れた話である。正田美智子さんこそ資本主義社会の代表的な貴族の娘である。

こうした視点を持った高橋だからこそ、鶴彬の川柳に感応したのだろう。

鶴彬とその川柳を知ってもらいたいと思った時、私は坂本の『井上剣花坊・鶴彬』を紹介した。

たとえば、一九九二年に出した拙著『現代を読む　100冊のノンフィクション』に「肺腑をえぐる反戦川柳」と題して入れ、およそ三十年後の二〇二一年に拙著『時代を撃つノンフィクション100』でも選んだ。

後者は前者の四分の一を残し、四分の三を入れ換えたのだが、『井上剣花坊・鶴彬』は大江健三郎の『ヒロシマ・ノート』や原田正純の『水俣病』、あるいは城山三郎の『鼠――鈴木商店焼打ち事件』と共に残したのである。

『井上剣花坊・鶴彬』は、『現代を読む』と『時代を撃つノンフィクション』では紹介文を変えたが、ここでは後者を引用しよう。

四月二九日の「みどりの日」（昭和天皇誕生日）を「昭和の日」に変える法案に反対する立場から、二〇〇〇年五月九日の参議院文教・科学委員会で参考人として話した。その後、各委員から質問があり、私は、鶴彬《つるあきら》の川柳を引いた。

〈さっき岩井（忠熊・立命館大学名誉教授）参考人が川柳を引用されましたけれども、例えば鶴彬という川柳作家がおりまして、この人は二九歳で獄死したんですけれども、「万歳とあげていった手を大陸においてきた」「手と足をもいだ丸太にして返し」とか、「修身にない孝行で淫売婦」というような非常に痛烈な川柳をつくって、そして捕まえられて獄死した。この獄死には、官憲が赤痢菌を注射したんじゃないかという噂《うわさ》さえある人なんですけれども、そういうような昭和というものを天皇の誕生日ということで押し付けるということについては、やっぱり大きな過ちとなるのではないかというふうに思うわけですね〉

鶴の川柳の激烈さゆえだろう。

必ずしもメインではないこの部分に、委員会を聴いていた朝日新聞編集委員の早野透が反応して、同年五月一六日付の同紙のコラム「ポリティカにっぽん」に次のように書いた。
〈佐高氏は鶴彬の川柳を読み上げながら、「昭和の影の部分を隠して、れいれいしく祝うのはいかがなものか」と疑問を投げかけた。鶴彬、本名は喜多一二《かつじ》、石川県出身。一七歳で家を飛び出し、鋭い怒りと悲しみの川柳をつくった。それが反戦思想を鼓舞するとして治安維持法違反で特高警察に捕えられ、赤痢にかかって病院のベッドに手錠をくくりつけられたまま、二九歳で死んだ。一九三八（昭和一三）年九月のことだった。

　　塹壕で読む妹を売る手紙／貞操を為替に組んでふるさとへ／泥棒を選べと推薦状がくる

「泥棒を」の句は当時の衆院選挙のことである。いまならばだれでも言えるけれど、世間がみな大政翼賛に動いていくころに、こんなに激しい時代批判をどれだけの人が言えただろう。佐高氏は意見陳述でこう言っている。「昭和の日は、狭い愛国心を押し出してくる感じがしてならない。昭和天皇という人は自分の誕生日に昭和という時代を考えてほしいなどと望んでいるだろうか」。

そうだ、戦前こそ軍刀をもって君臨していたけれど、戦後は植物を観察したり顕微鏡をのぞいたりしながら国の象徴をつとめた昭和天皇は、やはり、「みどりの日」の方を気に入るのではないだろうか〉

二〇〇七年に畏友のジャーナリスト、田中伸尚と対談して、副題が「抵抗の思想と肖像」の本を七つ森書館から出した時、題名を『蟻食いを噛み殺したまま死んだ蟻』とした。言うまでもなく、鶴彬の川柳である。

そして私は序文にこう書いた。

鶴がつくったこの川柳を私たちの対談の題名としたい。蟻が蟻食いを噛み殺すことはない。しかし、ありえないと思ってあきらめず、それをありうるかもしれないと思わせる激越さが抵抗の思想の原点である。タダでは殺されないぞという燃えたぎる闘志がそこには潜む。

このように機会あるごとに、あるいは機会を作って私は鶴彬を紹介してきた。二〇一一年に出た棚沢健の『だから、鶴彬』は、二〇一五年三月十六日付の『日刊ゲンダイ』の「週末オススメ本ミシュラン」で次のように紹介した。

○フジヤマとサクラの国の失業者
○神代から連綿として飢ゑてゐる
○弱き者より弱きを虐げる
1909（明治42）年、石川県に生まれ、29歳で獄死した鶴彬の川柳である。

（中略）

働き手を軍隊に奪われ、凶作に追い打ちをかけられて、戦争中に特に東北の農村では娘を女郎屋に売らなければならなくなった。

「修身にない孝行で」それを強いられたわけだが、いや、親孝行の「修身」（道徳）

こそが「淫売」を強制するのだと読み破ったのは魯迅《ろじん》である。

ともあれ、権力はまだ20代の鶴が怖くて仕方がなかった。その肺腑をえぐるような川柳は大日本帝国を恐怖させたのである。

こんな川柳もある。
○労働ボス吼えてファッショ拍手する
「二・二六事件」の起こった1936年（昭和11）年の作だが、この年の1月に日本労働総同盟と全国労働組合同盟が一緒になり、労使一体の反共主義を掲げる全日本労働総同盟（全総）が結成された。組合員9万5000。

しかし、日中戦争が始まった翌年の7月、この全総は戦争を支持し、ストライキ絶滅を宣言してしまう。権力と闘わず、権力のための戦争に拍手したのである。それから、ほぼ80年後の現在の連合と、戦争中の全総は違うのか、違わないのか。

『だから、鶴彬』は鶴の魅力をコンパクトにまとめた本だが、「あとがき」に「日本車を日本軍と読み違え」という川柳が2010年秋の「朝日川柳」から引いてある。

また、『それでも、日本人は「戦争」を選んだ』の著者で東大教授の加藤陽子は私との共著『戦争と日本人――テロリズムの子どもたちへ』で、鶴について、こう語った。

佐高　加藤さんは、短歌よりは俳句の人ですね（笑）。

加藤　それはどういう意味ですか（笑）。でも、考えてみると、五七五の一七文字の世界と三十一《みそひと》文字の世界、リズムとしてどちらがフィットするかと言われたら、一七文字のほうかもしれません。川柳なんかにしても、例えば鶴彬《つるあきら》のものなどはものすごく力がありますよね。

〈手と足をもいだ丸太にしてかえし〉

こんなに重い題材を、五七五で川柳にしてしまうんだ、と驚きました。それがとても新鮮だし、時代を知る一資料として、説得力のある材料になるなとも思いました。

私より先に鶴に言及したのである。

加藤　例えば、今、大学で経済史を勉強している学生たちに『女工哀史』の世界、つまり製糸女工について教えるとします。ただ悲惨な生活をしていたというのではなくて、畳二畳分のスペースしか寝場所がないといっても、故郷の農村よりはましだったとか、一応、結核の検査もあったとか、休みの日には活動写真を観《み》に行くこともできた、といったことを伝えることはできます。

ただ、これだけでは、当時の時代性の中で彼女たちがどう見られていたのか、どう位置づけられていたのかは客観的にわからない。そのようなときには、鶴彬が当時の女工さんたちを詠んだ句など参考になります。社会に実態のないことを詠んだら、川柳になりませんから。

〈玉の井に模範女工のなれの果〉

〈みな肺で死ぬる女工の募集札〉

〈都会から帰る女工と見れば痛む〉

どれもビジュアルな映像が浮かぶ句です。どこか突き放した視線もある。同時代の、普通の人に向かって川柳として詠めるということは、当時の時代の感覚からさほど離れていないものとして受けとめていいのではないかと思うのです。

短歌がエスタブリッシュな世界と馴染《なじ》みのいいものだとしたら、俳句や川柳は庶民的な目線から、時代の雰囲気というものをすくい取る手だてになるのではないか、そんなふうに思いますね。

「故郷の農村もひどいが、工場はもっとひどかった」という言葉が本当なのか、「工女さんたちは、貯金も出来たし、町に活動写真も観に行けた」というところを拾うのが正しいのか。それによって工女が本当に「哀史」だったのか否か、見方ががらりと変わりますでしょう。


知る人ぞ知る鶴なのである。

二　師父、井上剣花坊

井上剣花坊、政治から文学へ

八歳で父親を亡くし、家庭的に恵まれなかった鶴彬にとって、井上剣花坊こと幸一は、川柳の師であるとともに父だった。そしてまた、剣花坊夫人の信子が母の役割をする。

一八七〇年、山口県萩町に生まれた剣花坊は、鶴が一九〇九年に生まれた時には三十八歳だった。

明治維新の余熱のさめない時期に生まれた剣花坊は自由民権論者としてスタートする。それを彼は『大正川柳』誌の一九二〇年十一月号で、こう述べている。

　私の主義は、平民主義です。自由主義です。人間としては上《かみ》、御一人を除くの外は、決して貴賤の差別はない、という簡単な主義です。私は長州に生まれました。吉田松陰や高杉東行や寺島刀山は、親族関係もあり、また、その人達の主義、性行に教化、陶冶された関係もありますから、すべてその人達の心を以て心としておりますが、この人達はいずれも尊王主義でありました。同時に、平民主義でした。自由主義でした。

この人達が死んだあとに、この人達の志を継ぐと唱し、この人達の志と違うた階級主義、官僚主義を打ちたてた同郷の先輩には、私はどこまでも反対しました。（中略）それがためにいろいろ迫害を受けました。が、その自由党が、長州先輩と肝たん相照らしてだんだん官僚主義になってしまったので、私は脱党しました。それきり政治界の人達の頼み難きにあいそをつかし、文学界の方へ入りました。

東京へきてこのかたは、絶対に政治というものに関係せず、これまで天下国家を論じた筆を、専ら、詩、歌、文章に託することにしました。

井上剣花坊とその家族。左が夫人の信子。中央が娘の鶴子。
写真提供：朝日新聞社／ユニフォトプレス

正直な述懐だとは思うが、弟子の鶴とは、まず、「上、御一人を除く」という点で対立するだろう。鶴にとって川柳は川柳にとどまるものではなかった。鶴の川柳は、呼ばずとも政治の方で邪魔しにやってきたからである。

しかし、剣花坊の鶴のかばい方も、並の師のできる範囲をはるかに超えていた。

それはともかく、先を急がずに、今少し、「新川柳をどこまでも徹底した民衆芸術にしよう」とした剣花坊の主張を聞こう。

詩の神は、人間に貴賤、上下、賢愚、貧富、都鄙《とひ》、長幼、識不識、学無学、戈《ママ》（才）不戈《ママ》（才）、文無文の差別をつけられはしまいと思います。ところが、従来の詩にはそれがあります。詩の心は何人にもあるけれど、これを表現して詩とするものは、詩人という、特別階級の人間でなければならないことになっていました。最も民衆に近い民衆詩人の例をひきます。米国のホイットマンは、近世唯一の世界的民衆詩人です。しかし、路傍の草の葉に、チラチラ見える花にも大いなる愛を持つという彼の民衆に同情ある詩も、彼の如き大詩人にならなければ歌われません。するとヤハリ、他の多くの民衆は、この大詩人を待ってはじめて自分を表現することになるのです。

坂本幸四郎は、吉本隆明が秋山清詩集『白い花』の解説で、戦争の時代に、「抵抗詩人と呼べるべき詩人は金子光晴と秋山清の外には、いない」と断定したのを引き、「大正期、自由民権、平民主義といえる詩人は、添田唖蟬坊《そえだあぜんぼう》と井上剣花坊よりいない」と言いたいと主張している。

しかし、弟子の鶴彬には、剣花坊の次のような政治との距離感が不満だった。

民衆は政治を解してはいるが、自ら政治することはできない。大政治家という秀れた人間が、必ず上に立って政治をやらなければならぬ、というようなものです。（中略）専制政治の国は昔からそうでした。上に立つ政治家は、自分が政治をしてやらなければ民衆は幸福を享受することはできない、と思い、民衆の方でもヤハリ大政治家に依頼して、何もかもやってもらった方が面倒なくていい、と思ったのです。それもいいかも知れませんが、それでは民衆はいつまで行っても独り歩きできない嬰児です。

けれども民衆は生長します。民衆の政治は民衆自身でやるところで立憲政体もでき、共和政治もでき、終《つい》には二、三の国のような極端な主義で政治をする国もできました。それがいずれに利があるか、害があるか、私は前にも申したように政治論から絶縁していますから一言も申しませんが、詩の議論になれば、二言も三言も、千言も万言も言わねばなりません。民衆は自ら歌うことができず、歌えば必ず他の大詩人の歌った詩を歌って満足する、というのではどうも物足りません。民衆のだれもかれもが詩をつくり、そうして自分のつくったものを自分で歌うのが当然だと思います。否、それが真に民衆芸術、民衆詩というものだろうと考えるのです。

時代の制約もあるのだろうが、民衆に期待しているのかいないのか、もどかしい限りの剣花坊の言い方に、それこそ鶴は「もの足りない」思いを抱いたのだろう。

鶴がプロレタリア川柳の立場に与《くみ》した時、剣花坊は「川柳王道論」を唱えて、それに加担しなかった。

そんな剣花坊の思想は、いわゆる国家社会主義に近いとも言える。国家や天皇の存在に疑問を抱くことはなかったのである。残念ながら、剣花坊の頭からは「上、御一人」の存在が離れることはなかった。

「社会党ラッパ節」の添田唖蟬坊

剣花坊は、井上秋剣の名で『日本新聞』に社会評論を書いた。三宅雪嶺《みやけせつれい》や福本日南などと並んでである。

剣花坊は一九一二年に『大正川柳』を創刊したが、のちの作家、吉川英治が当時、雉子《きじ》郎《ろう》と名乗って川柳を作り、剣花坊を助けた。

英治の『忘れ残りの記』に剣花坊とその妻、信子が次のように出てくる。

「見得のない人」で「いつも書生袴《ばかま》、そして手提ゲ袋の紐《ひも》を、片手の手首に巻き、体じゅうで笑い、体じゅうで談じる」剣花坊の姿がこう活写される。

じつに話はおもしろい。殊に史学家であり、文壇事情だけでなく、政界にも通じていた。ひとり長州だけでなく、薩州《さつしゅう》とか、熊本とか、なお日本の社会にはどの部門にも閥色の余影があった。剣花坊氏はそれらの閥臭にたいしては常に反逆的口吻《こうふん》を弄していた。堺枯川を大いにみとめていた。柳樽改革をとなえ、新川柳を興し、氏を川柳へ赴かせたものの一因はそこにもあった事かもしれない。「長州人で多少、文化のわかるものは、ぼくと松林桂月くらいなものだ」と云ったりした。画壇の方にも交友は広かった。その桂月氏とぼくとが、以後交友をつづけたのも、剣花坊氏のお宅からであったが、そのほか氏の紹介で辱知をえた人々も少なくない。松居松葉、笹川臨風、小山内薫《おさないかおる》、水野葉舟、木下杢太郎《もくたろう》、与謝野《よさの》寛、倉田百三、ちょっと思い出しきれない程である。

　忘れ難いのは、初めてお訪ねしたときの事だ。ぼくは鼻緒の切れかかった汚い下駄をはいていた。奥さんの信子女史が、鰹節《かつおぶし》の釜飯をたいて御馳走《ごちそう》してくれた。その味を忘れていない。又、帰ろうと思って下駄を穿《は》きかけたら、ピシャンコな泥下駄が、きれいに拭かれて、切れかけていた鼻緒まで、ちゃんとスゲ代えられてあった。

　その井上信子女史は、今も御健在らしい。らしいと云っては、御無沙汰の罪、申しわけない。だが終戦後、高田保が〝ぶらりひょうたん〟の一文の中に、信子女史の近

作一句挙げて――これが何と、八十にちかい老女性の感覚であろうかと、賞《ほ》めていたことがある。その句は、たしか、

国境も知らず草の実こぼれ合い

というものであった。それで御健在を知ったわけだった。

坂本が剣花坊と共に挙げた添田唖蟬坊は、堺利彦に頼まれて、「社会党ラッパ節」を作った。それを次に適宜掲げる。

華族の妾《めかけ》のかんざしに　　ピカピカ光るは何ですえ
ダイヤモンドか違ひます
可愛《かわい》い百姓の膏汗《あぶらあせ》　トコトットットット

大臣大将の胸先に　　ピカピカ光るは何ですえ
金鵄《きんし》勲章か違ひます

可愛い兵士のしゃれこうべ　トコトットット

浮世がまゝになるならば　　車夫や馬丁や百姓に
洋服着せて馬車に乗せ
当世紳士に曳《ひ》かせたい　トコトットット

名誉々々とおだてあげ　　大切な伜《せがれ》をむざむざと
砲《つつ》の餌食《えじき》に誰がした
もとの伜にして返せ　トコトットット

残念ながら自由民権運動が敗北していく中で、剣花坊と唖蟬坊が、それぞれ川柳と演歌にその精神を残したのだった。国権に抗する民権の志である。

唖蟬坊の「ノンキ節」もここで適宜紹介しておこう。

学校の先生はえらいもんぢゃさうな
えらいからなんでも教へるさうな
教へりゃ生徒は無邪気なもので
それもさうかと思ふげな　ア、ノンキだね

貧乏でこそあれ日本人はエライ
それに第一辛抱強い
天井知らずに物価はあがっても
湯なり粥《かゆ》なりすゝって生きてゐる　ア、ノンキだね

洋服着よが靴をはこうが学問があろが
金がなきゃやっぱり貧乏だ
貧乏だ貧乏だその貧乏が
貧乏でもないよな顔をする　ア、ノンキだね

貴婦人あつかましくお花を召せと
路傍でお花のおし売りなさる
おメデタ連はニコニコ者でお求めなさる
金持ゃ自動車で知らん顔　ア、ノンキだね

南京米をくらって南京虫にくはれ
豚小屋みたいな家に住み
選挙権さへ持たないくせに
日本の国民だと威張ってる　ア、ノンキだね

普通選挙法の公布は一九二五年で、それまで一般国民には選挙権はなかった。さらに「ノンキ節」を続ける。

二本ある腕は一本しかないが
キンシクンショが胸にある
名誉だ　名誉だ　日本一だ
桃から生れた桃太郎だ　ア、ノンキだね

膨脹する膨脹する国力が膨脹する
資本家の横暴が膨脹する
おれの嬶《かか》ァのお腹《なか》が膨脹する
いよいよ貧乏が膨脹する　ア、ノンキだね

「二本ある腕は一本しかないが」は、のちの鶴の「手と足をもいだ丸太にしてかへし」に影響を与えたとは言えないだろうか。書き写していて、明治、大正、そして昭和のこととは思えなくなる。「ラッパ節」にしても、「可愛い兵士のしゃれこうべ」と、あくまでも具体的なのである。

『日本』新聞で川柳に出会う

剣花坊は一度東京へ出たが、病を得て一八八八年には萩《はぎ》へ戻り、二十歳になった一八九〇年に萩郊外の本間小学校に就職した。

そして二年後、山口に来て『鳳陽新報』（のちの長州日報社）に入る。

前掲のように回顧している剣花坊は、その頃、最初の妻のトメと結婚し、三人の男の子ができたが、一八九八年にトメは病死した。

翌年、剣花坊は遠縁だった岡信子と結婚している。信子も一度結婚しているが、失敗して実家に帰り、看護婦をしていた。剣花坊より一歳上である。

筆禍で投獄された剣花坊を見ている信子は、剣花坊の熱心な求婚に、政治と手を切るよう条件をつけたといわれる。

剣花坊の押しに負けて結婚した二人の間には、竜子と鶴子の娘二人が生まれた。鶴彬より一歳上の鶴子は鶴の憧れのひとであり、鶴という筆名は彼女に由来する。

結婚の翌年、剣花坊は『長州日報』の主筆をやめて上京した。一九〇二年には招かれて新潟県高田市の『越後日報』の主筆となっている。

そして、一九〇三年に再び上京して、『日本』新聞に入った。陸羯南《くがかつなん》が創刊した新聞である。

ここで主筆の古島一雄《こじまかずお》から、「この新聞でかつて正岡子規が新俳句をおこしたのだが、今度は君が新しい川柳をおこしたらどうだ」と言われたのが転機となる。

古島は犬養毅の懐刀と呼ばれ、政治的行動を共にした。剣花坊が入社を希望したのは、『日本』の国民主義に共鳴していたからである。

剣花坊が設けた川柳欄「新題柳樽」は好評で、たちまち投句者も三百名を数えた。

そして彼は選者名を「新題山柳樽寺和尚剣花坊」と名乗る。このこのち、この派は柳樽寺派と呼ばれ、剣花坊は和尚の愛称を得た。

和尚と名乗ったのは天田五郎《あまだ》こと愚庵《ぐあん》との出会いからだという。

山岡鉄舟に愛され、一時、清水次郎長の養子となった愚庵は一八八七年に得度し、鉄眼と号した。その後、京都に庵《いおり》を結んで愚庵を名乗る。漢詩や和歌をよくし、正岡子規に多大の影響を与えた。

剣花坊が「実に一代の傑僧であった」と敬慕した愚庵には『東海遊俠傳――一名次郎長

物語』という著書がある。これが浪曲などに謳《うた》われる清水次郎長のイメージを形づくった。剣花坊はケンカのもじりであり、「叛骨《はんこつ》を坊主に化けて歌を詠み」という川柳を作って川柳革新に邁進《まいしん》した剣花坊が傾倒した愚庵とはどんな人物だったか。

ある時、愚庵が病の床に伏したままの正岡子規に柿を送った。しかし、子規からは、着いたとも何とも返事がない。共通の友に愚庵はこんな歌を託した。

正岡はまさきくてあるか柿の実のあまきともいはずしぶきともいはず

愚庵よりひとまわりほど年下の子規はあわてて、「愚庵禅師御もと」に次の歌を添えて礼状をしたためた。

御仏《みほとけ》にそなへし柿ののこれるをわれにぞたびし十《とを》まりいつつ
柿の実のあまきもありぬ柿の実のしぶきもありぬしぶきぞうまき

あまりうまさに文書《ふみ》くことぞわすれつる心あるごとな思ひ吾師《わがし》

子規は当時、まさに「病牀《びょうしょう》六尺」の生活であった。

をかしければ笑ふ。悲しければ泣く。しかし痛の烈しい時には仕様がないから、うめくか、叫ぶか、泣くか、または黙つてこらへて居るかする。その中で黙つてこらへて居るのが一番苦しい。盛んにうめき、盛んに叫び、盛んに泣くと少しく痛が減ずる。

そんな子規に、便りがないぞとは誰も伝えないだろう。しかし、愚庵はあえて、そう言ってやった。それが子規への励ましとなるのである。

愚庵の生涯を描いた大坪草二郎著『愚庵の生涯とその歌』には、「明治三十五年（一九〇二）九月十九日、歌友の正岡子規が不帰の客となった。愚庵より十三歳下であるだけに、愚庵の悲しみは強かった」とある。

大坪によれば、愚庵は「世のあらゆる闘いを血みどろに闘い抜いた人」だった。

奥州平藩の武士の家に生まれ、戊辰《ぼしん》戦争の際に両親および妹と生別。その後、東京に出て憂国の志士と交わり、旅まわりの写真師となって各地を周遊したりもした。両親と妹をさがしての旅である。愚庵の紹介が本題ではないので、以下略としよう。

『日本』新聞の同僚だった長谷川如是閑《によぜかん》が「『秋剣』を想ふ」と題して書いた一文がある。一九三四年十一月号の『川柳人』「剣花坊追悼號」に寄せたものである。

井上君と私とは三十余年前に、同じ日本新聞の編集室に机を列《なら》べた同僚だつたが、その頃はわれ〳〵は君を秋剣と呼んでゐた。あの響き渡るやうな音声と華やかな談話ぶりとは編集局の名物だつた。のみならず君の風采にも一種の特徴があつた。相当柄のある体格で、両の肩をいかめしく張つて、片方の手で所謂片棲《いわゆるかたづま》をとつて足でバタ〳〵と床を叩くやうに歩いた。物を書く時には左の手で所謂拳固《げんこ》を作つて着物の肩を突き上げて、江戸ッ児《こ》の所謂ヤツを作つてゐた。風采態度が俠客《きょうかく》伝中の人物のやうであつた。君が剣花坊と名乗つて川柳をやり出してから、私は君のことを川柳によんで戯れに君に示したことがあつた。それは何でも『あの音は秋剣来たると覚えたり』といふやうなのであつた。

君は漢文張りの文章が上手だつたので、それで相撲の記事を書いて好評を博した。日露戦争が勃発すると殆んどすべての記者が従軍して、留守は古島編集長、——今日の貴族院議員、古島一雄氏——が四五名切りで、秋剣も私達と共に留守組だつたが、何人かの従軍記者が送つて来る文章を片端しから秋剣張りの漢文調に書き直すので君は昼も夜も大童《おおわらわ》になつてゐた。その漢文張りの従軍はお陰で『日本』の売物になつて、流石《さすが》に『日本』の記者達は皆文章家だと称賛された。君は全く縁の下の力持だつたが、それでも中々愉快なやうだつた。

君は中々の精力家で、人のいやがる当直を一人で引うけて、朝早くから夜の二三時までのべつに働いてゐた。『日本』には社会面といふものがなかつたので社会部記者といふものは一人も居なかつたが、何か社会面的の事件があるとやはり記事が要るので、さういふ時は、秋剣が一人で働いた。その間には劇評もやれば相撲記事も書き、川柳の選などは当直をしながら合間々々にやつて居たが、流石に時々投稿を選り分けながらコクリ〳〵居眠りをしては、又つゞけるといふやうなこともあつた。

古島編集長はその頃から犬養の懐刀といはれてゐたが、頗《すこぶ》る機知に富んだ人で、文章も上手で、書の如きもわれ〳〵には、犬養氏のそれよりもいゝと思はれる位だつた。秋剣君に川柳を始めることを慫慂《しようよう》したのは即《すなわ》ちこの古島古一念氏だつたのである。古島氏は川柳に早くから興味をもつてゐて書物なども多少もつてゐたが、それを秋剣君に提供して川柳をやるやうにすゝめたのが、後の大剣花坊を産む抑《そもそ》もの発端だつたと覚えてゐる。


剣花坊という人間がよくわかる如是閑の一筆描きだろう。

剣花坊は私の故郷、酒田にも足を運んでいる。酒田古文書同好会が発行している『方寸』という雑誌の第九号によれば、剣花坊は酒田の川柳人に招かれて『荒木京之助句集』の刊行を祝う会に参加しているのである。

それはともかく、剣花坊は一九〇五年に柳樽寺社を結成し、機関誌『川柳』を創刊している。そして、その第一巻第一号に「吾人の抱負」という処女評論を載せた。この国ではじめての川柳論だった。それを次に掲げよう。

文学の目的は快楽なり、文学の要素は善美なり。……大なる悲惨を語れ、以て大なる快楽を求むべく、大いなる醜悪を示せ、以て大いに善美をあらわすを得ん。……

文学は色彩なり、文学は滑稽なり。滑稽を狭義に解すれば、徒《いたず》らに諧謔《かいぎやく》戯笑の末に走り、悉《ことごと》く君子のいやしむところとなり、滑稽を広義に解すれば、普《あまね》く社会人生の微をうがち、高く聖賢の域に入る。

色彩は天然の模様なると同時に、滑稽は精神の変現なり。精神を天然に加うる者、ここに文学を形づくるものなりとすれば、滑稽が文学の一大元素たること、多くをいうを待たず。

かつ、人をよろこばし、また人を楽しますというに於《おい》て、よく文学の目的と一致す。

誰かいう、滑稽は文学の末技なりと。

文学の要素に滑稽を持ってきて、次のように展開する。

滑稽の用、甚だ大、神出鬼没、千態万状、崇高あり、雄渾《ゆうこん》あり、奇抜あり、艶麗あり、佶屈《きつくつ》あり、軽快あり、飄逸《ひょういつ》あり、沈着あり、時にのぞみて則ち変じ、事に当りて忽《たちま》ち動く。……

滑稽の文学上における位置、実にかくの如くにして、而《しか》も之《これ》を軽んずる者多く、これに意を注ぐ者また少なし。特に、日本文学に於ては、古来、最もこの趣味の欠乏を感じ、甚しきは、自ら高尚なる滑稽趣味を感得し、之を筆にし、口にしながらも、自らこれが滑稽なるを覚らず、後人またこれを発見することなく、ついに宝の山に入り手を空うして通過することあり。

見よ、神代の交、人皇の始における諸々の神話のごとき、少からざる滑稽を含めるかを。……

足利《あしかが》時代の初期に当り、一休禅師を出すに至る。その宗教者としての説法伝導、また滑稽詩人として歴史をかざりつつあり。衣鉢は意外の辺に伝わり、されば陣中にありて、経書を講ずる義尚《よしひさ》将軍の幕下より、山崎宗鑑を出す。犬筑波《いぬつくば》の作者、俳諧の元祖、ここに滑稽詩人のさきがけとなり、浪華に、西山宗因《そういん》を生じて、談林の大木に繁りしと雖《いえど》も、末葉堕落して、ついに松尾芭蕉《ばしょう》のために正風の旗ひるがえされぬ。しかも芭蕉もまた、俳諧の真相を忘却するものにあらず。

そして、川柳論である。川柳は文学の平民への開放でもあった。

時は来たれり。平民文学の一産物たる前句付、万句合《まんくあわせ》の中より、我が川柳点は誕生せり。抜きくる柳樽《やなぎだる》の書、ことごとく金玉にあらずと雖も、とうとう数万句のうち、あに、千古不磨の詩なからんや。

十七字の短詩にして、いわゆる滑稽の嵌高なるもの、雄渾なるもの、軽快なるもの、飄逸なるもの、沈着なるもの、髣髴《ほうふつ》としてその間より動けり。……

とにもかくにも我が国における滑稽趣味を有する文学中、最も短式にして、最も大なるものたるを認む。……

あるは人情の機微をうがち、あるは風俗に詩趣を探ぐり。……あるは道義を諷刺に寓《ぐう》し、あるは奇想を平凡に得。……あるは自然の状態を叙して却《かえ》って神品の域に達す。他の狂歌、狂詩のごとき、みな企て及ばざるなり。……

しかも、花風月雲のたとえにもれず、一たび天保の妖雲に迫られ、狂歌の悪風に吹かれしより、文学の月やや暗く、詩歌の花あなや散りなんとす。

明治の新太陽、文明の曙光《しよこう》を破りて、天下の文学、あたかも、千紫万紅、一時に開くの観をなすも、独り文学上の一大要素たる滑稽趣味は、あまねく社会より忘却されて、野鄙猥雑《やひわいざつ》、悪ふざけは、みだりに滑稽の名をもって社会にばっこす。……

しかして一方には女性的文学ますます勢力を得て、ますます軟にしますます弱、もののあわれを知りすぎて徒らに泣き虫にとりつかれ。……

風紀紊乱《びんらん》、人心腐敗、ステッキ、白金をちりばめて益々《ますます》細く、カラー、常に新たにしてやや高し。男性の袖口にリボンひらめき、女性の海老茶《えびちゃ》は常にほころぶ。

かくの如きものあに盛代の祥事ならんや。文学上に爆裂弾を投じ、局面一新の必要迫る。

吾人が新題柳樽の旗幟《きし》を樹て、柳樽寺経営を企てしものまたやむを得ざるなり。

……


川柳は笑いのエネルギーを武器として獲得した。


創業三年にして柳樽寺川柳会成り、雑誌発行の運は来たる。

吾人は、川柳の名を用う。しかも必ずしも古川柳の形式、内容をことごとく学ばんとするに非《あら》ず。ただ、長所をして益々助け長ぜしめ、明治文壇に新式短詩を打ちたてんとするにほかならず。真個、滑稽趣味を申分なく注入せんとするにほかならず。

……

その大精神においては、吾人のいわゆる滑稽趣味を有するものならざるは勿論《もちろん》とす。善美の視覚を具備して文学の要素を欠かず、快楽を人生に賦与して文学の目的を誤らざるを期す。

笑うものは福なり。元気旺盛なるべければなり。泣くものは禍《わざわい》なり。意気銷沈《いきしょうちん》すべければなり。……

元気旺盛、不撓不屈《ふとうふくつ》は興国の気象にして、意気銷沈、自暴自棄は亡国の媒介なり。まず興国的文学のその国民にともなうを要す。川柳は、大に楽観する文学なり。大いに笑う文学なり。……

剣花坊は「滑稽は文学の末技なり」説に反論する。「滑稽が文学の一大元素たること、多くをいうを待たず」と。

和歌（短歌）より俳句、俳句より川柳が一格ずつ落ちるように思われている風潮に剣花坊は「文学上に爆裂弾を投じ、局面一新の必要迫る」として、川柳を称揚する。

「笑うものは福なり。元気旺盛なるべければなり。泣くものは禍なり。意気銷沈すべければなり」は剣花坊の卓見であり、当時のこの国の湿った空気への挑戦状とも言える。

「川柳は、大に楽観する文学なり。大いに笑う文学なり」は剣花坊の覚悟の宣言だった。

伝統川柳と革新川柳

さて、鶴から見れば納得できないところのある剣花坊も、しかし、ライバルと目された阪井久良岐《さかいくらき》に比べれば、川柳の革新に奔走した人だった。江戸時代に始まる伝統川柳は柄井川柳を祖とするが、次第に雑俳狂句に堕していく。

それを古川柳に還れと主張したのが久良岐で、瑣末《さまつ》伝承派といわれた。それを揶揄《やゆ》して鶴は長詩「阪井久良岐」を発表する。

人は生きながらにして
銅像になっても
墓石にはならない
人は死んではじめて
博物館に陳列されるが
生きたまゝでは
博物館は引きとってくれない。

とは言へわれわれは不幸にして
生きながらにして
博物館行きを志願する
老ひたる一人の川柳作家を
見なければならない

彼は現代の中に空気を吸ひ
飯をたべて生きてゐる
しかし彼は
いつもたえずみづからを
過去の歴史の中に生かさうと
ひたすらにつとめてゐる。

彼はやせおとろへた

駄馬にまたがつてゐる
駄馬の名は「古川柳」
めざすところは
封建のむかし、花の「お江戸」
川柳は江戸の
武士と町人の協同社会のシンボル
いざこの川柳をもつて
ブルジョアとプロレタリアの格闘に
ふみ荒された現代を
花のお江戸の平和にかへさん！
つづけ！　ものどもよ
とは言へつづく従者は一人もない
あゝ歴史の歯車を
逆転させせんといきり立つ

なんじ川柳の騎士！　ドンキホーテよ
サンチョパンザをもたぬ
不幸な英雄よ

唄、三味線、常磐津、浄瑠璃、花や囲碁
さては清元、新内と
彼の七つ道具のすばらしさよ
あゝこの典形的な川柳の騎士は
うるほしの吉原のほかげに
紅、おしろひにふるさとを売られた涙おしかくす
奴隷――おいらんに
あこがれのドロテアを見る
古川柳にくらさはない
みんな平和な江戸の明るさにみちてゐる

古川柳のくらきを言ふ奴はたれか

馬上の騎士は
虫の食った大身の槍をしごきながら
白髪を逆立てわめき立てる
どういたしまして！
彼のまたがる駄馬はつぶやく
——売った日を命日よりもさびしがり
また
——もののふも米をば高く売りたがり

あゝいとしいドン騎士が
そまつな旅館を王様の城と早合点したやうに
わが愛すべき川柳の騎士は

花のお江戸へゆく道が
博物館の表玄関へ通ずるとは
知る由もない
いさむ悲劇の主人公の
姓は阪井！　名は久良岐

（「阪井久良岐」『蒼空』第三号）

鶴彬二十七歳の作で、一九三六年に『蒼空《あおぞら》』の第三号に掲載された。剣花坊の側に立って、久良岐を嗤《わら》っている。

一九〇四年の日露戦争勃発の際に剣花坊は、

太郎寿太郎源太郎大馬鹿三太郎

という川柳を作った。首相の桂《かつら》太郎に外相の小村《こむら》寿太郎、そして満州軍総参謀の児玉源太郎を揶揄したのである。

今なら、
麻生《あそう》太郎河野《こうの》太郎大馬鹿二太郎
といったところだろうか。

二太郎以上に大馬鹿な安倍晋三も入れなければ麻生と河野が怒るかもしれないが、剣花坊はいつのまにか政治を諷刺している。

剣花坊の代表句は「咳《せき》一つきこえぬ中を天皇旗」とされ、彼の墓がある鎌倉の建長寺に碑が立っている。しかし、私はこれを代表句としたくはない。鶴も同意見だろう。

この句には「大正天皇御大典観兵式」と前書が付いているが、「上、御一人」を鶴と共に崇《あが》めたくはないからだ。むしろ、「蔭膳の主は草むす屍なり」を鶴と共に推したい。

当時、真下飛泉《ましもひせん》は「戦友」という歌を作った。

一、ここはお国を何百里離れてとほき満洲の赤い夕日にてらされて友は野末《のずゑ》の石の下
二、思へばかなし昨日まで真先かけて突進し敵を散々懲らしたる勇士はここに眠れる

か

三、ああ戦ひの最中に隣にをった此友の俄《には》かにハタと倒れしを我はおもはず駈け寄って

四、軍律きびしい中なれどこれが見すてて置かれうか「しっかりせよ」と抱き起し仮繃帯も弾丸《たま》の中

五、折から起る突貫に友はやうく顔上げて「お国のためだかまはずに　おくれてくれな」と目に涙

六、あとに心は残れども残しちゃならぬこの此からだ「それぢゃ行《ゆく》よ」と別れたがながの別れとなったのか

七、戦すんで日が暮れてさがしにもどる心ではどうぞ生きってゐてくれよ物なと言《ゆ》へと願うたに

八、空しく冷えて魂は故郷《くに》へ帰ったポケットに時計ばかりがコチく と動いてゐるもなさけなや

九、思へば去年船出してお国が見えずなった時玄界灘に手を握り名をなのったが始め

にて

十、それより後《のち》は一本の煙草も二人わけてのみついた手紙も見せ合ふて身の上ばなし
くりかへし

十一、肩をだいては口ぐせにどうせ命は無いものよ死んだら骨《こつ》を頼むぞと言ひかはし
たる二人仲《ふたりなか》

十二、思ひも寄らぬ我一人不思議に命ながらへて赤い夕日の満洲に友の塚穴掘らうと
は

十三、くまなくはれた月今宵心しみ〴〵筆とって友の最後をこま〴〵と親御へ送る此
手紙

十四、筆の運びはつたないが行燈《あんど》のかげで親達の読まるる心おもひやり思わずおとす
一雫《ひとしづく》

この曲が生まれた時、鶴はまだこの世に登場していないが、現在にも伝わるこの唱歌を生まれた後に鶴は口ずさんだことがあるに違いない。

そう推測するのは、真下は京都の小学校の教師であり、のちに宝塚少女歌劇の作曲者として活躍する三善和気《みよしかずおき》が作曲した「戦友」は「学校及家庭用言文一致叙事唱歌第三篇」として作られたものだからである。

これを子どもたちよりも、むしろ兵隊が好んで歌ったが、実は軍隊では歌うことを禁じられていた。

そして、この歌詞を突破する反戦川柳を鶴は生みだした。

飢えたらばぬすめと神よなぜ云はぬ

は剣花坊の作品だが、それらを突き抜けて官憲に恐れられる川柳を作ったのである。

その橋渡しをした剣花坊は一九一九年に出した『川柳を作る人に』で、川柳は世界に冠たる民衆詩であることを宣言した。

民衆芸術はどこまでも民衆芸術であらしむ可く尽さなければならない、貴族的に為つたり、階級的に為つたりするのは、自分等の怠りであると思はねばならない、近く例せばこの自分（剣花坊）などに対しても川柳を教へる師家だと思つてはならない、川柳国の専制主権者だと考へては違がふ、諸君と同じく一個の川柳家であり、民衆の一人である、たゞその兄弟たる諸君を愛し、姉妹たる諸君を敬することの切なるが為めに、諸君の内的生活を向上せしめんとしてゐる便宜上の世話人である、諸君をして悉く川柳家たらしめんと骨を折つてゐる熱心家である、諸君をして一人も残らず民衆芸術家たらしむ可く真剣に為つてる男である。若し夫れ自分の希望通りが実現されるの日は、完全な民衆芸術の樹立せらるゝ時であらう（以下略）

もちろん逆なのだが、剣花坊はますます鶴に近くなっているように見える。民衆は残念ながら虐《しいた》げられる階級であることは明らかであり、民衆を凝視すれば、いわゆるプロレタリア川柳にならざるをえない。宗匠的なものにも疑問を持ち、剣花坊は同人制の廃止を主張する。それは仲間から猛反発され、剣花坊を左傾したと見なす同人たちの多くが『大正川柳』から離れて行った。

しかし、孤立を恐れなかった剣花坊について、夫人の信子は戦後にこう語っている（『婦人朝日』一九五一年三月号）。

頭数で一番盛んだつたのは大正年代、震災の前頃でございましよう。あの頃は言論自由と申しますか、とてもやりようございました。それでも主人の考えとしては、こんなものじやいけない、もつと新しいものにしなけりやダメだと申しましてね。そうすると、むずかしくなるものでございますから、なかなか皆さんがついて来られないんでございます。（中略）それでも主人は「大詩人杜甫《とほ》に一人の弟子もなし」という式でして、一人になってもおれはやる、と申してやつておりました。

さらに信子は次のような剣花坊の一面を紹介している。『氷原』の一九二九年四月号である。剣花坊は痔《じ》を患っていた。当時、剣花坊は還暦前の五十九歳。信子は還暦を過ぎていた。ここでは「私は」と言わずに「信子は」としている。

朝起きると尾籠なお話ですが、便所から出ないうちに、オイ火鉢に火がないぞ、着物を出して置け、座敷を掃かんか、今日の新聞、と、やつぎばやに呼びたてているんです。きっと便所の中で思いだしたのであろうと、思いながら、さて何から先に手をつけようかとまごつくうちに、オイ、飯を食わせんか、この気短さには、信子の神経はますます衰弱する。

＊＊

近いうちに子供（三歳）を連れて伺いますという予報が親類の家からくる。すると剣花坊はすっかりおじけついてしまい、あの低気圧がきたら、俺の書斎には一歩も入れるなという。戒厳令をしいておくのです。

いよいよその低気圧があらわれてきて、オジイチャンとでも言おうものなら、直ちに、破顔一笑、戒厳令は撤廃されて、握手抱擁、なかよしのお友達になって遊び疲れるまでは夢中です。

やがてその低気圧も再び元の方へ去ってしまうのです。あとの書斎は嵐のように乱されているのを、剣花坊が見て、なぜ気をつけなかったのかという、お叱りです。

剣花坊の生活は、寝たいときに寝て、起きたいときに起きるという自由な方針をとっております。それがためときどき信子は、深夜の夢を突然やぶられます。耳を澄ますと、書斎から、しかも二室へだたった信子の寝室に、アノ持前の太い声がひびいてきます。夜も昼もない剣花坊は、家人が寝ていることなぞはすっかり忘れて、昼間のようにこれから掛合いばなしでも始めようとするのです。信子は寝しずまった近所への気兼で、たまらず起きださねばならないのです。

＊＊

剣花坊は御会式の万燈が好きで、殊にあの勇しい一貫三百の太鼓の音を聞いては、じっとしていられないようです。

＊＊

お酒はかなりいただいて帰っても、あまり厄介かけません。ただ電車で浅草を二度まわって帰りがおそくなるくらいなもんです。

＊＊

剣花坊は放胆なようで、また一面には雨の降らぬ先から高足駄をはき、電車がくるとき二、三丁もへだたっているのに、真剣に駈け足で線路を横切るというような、小心さがあります。

＊＊

まだこのほかに善行悪行もありますが、あまりたなおろしがすぎると眼をむかれるから、このくらいにしておきます。

井上信子と鶴彬

その信子は剣花坊より一年早く、同じ萩に生まれている。信子については谷口絹枝の『蒼空の人・井上信子――近代女性川柳家の誕生』という労作がある。

鶴彬との関わりの箇所を中心に紹介しよう。

信子は剣花坊と同じ尊皇思想を持ち、日清、日露の両戦争に従軍看護婦として参加している。

鶴をかばったのは、だから、思想からではなく、むしろ母親的感情からだった。それは生理的な、あるいは肉親的な愛情からだった故に、自らの危険をかえりみず、庇護《ひご》することなる。

一九三七年末に検挙された鶴は翌三八年夏、赤痢に罹《かか》り、東京都中野区の野方《のがた》警察署から淀橋《よどばし》区柏木町にあった国立豊多摩病院に移された。伝染病院である。

信子は渡辺尺蠖からの速達でそれを知る。

さらに鶴の弟の喜多一二三から、鶴が発狂したとの連絡を受けた。

その前に鶴は尺蠖宛てに送金の礼と「重湯と林檎《りんご》の汁で細々と命をつなぐのみです」という葉書をよこしていた。

それらを受けて信子は同年九月六日付の日記に、鶴から「リンゴが欲しいと言ってよこしたときなぜ早く届けてやらなかつたかと思ふ」と後悔の念を記している。

そして続ける。


残念なことは精神の間ちがはぬ彼に一度逢ひたかつたのだ。おもへば彼ほど世に不幸不運な者があるだらうか。世の中はどうしてこんな偏ぱな苦悩を与へるのか。これでもか〳〵となぶり殺しの責苦を与へてまだ足りぬ、その余波は一族までに苦痛を及ぼしてゐる。だが当人は最はや死人も同様昨日の憤恨も今日の苦悩からも一切離脱し嘲笑と悔別《ママ》との中で骨を晒《さら》すのであらう。わたしは只暗然《ただ》として言ふべきことばがない。

サディスティックなまでの拷問によって鶴が精神に異常を来したことは言うまでもない。まだ二十九歳の若い川柳作家に権力はそれほど恐怖心を抱いたのである。私は鶴を〝言葉の狙撃手〟と呼びたいが、それはこれ以上ないくらいに鋭く権力の的を射抜いていた。

翌日、信子は頭痛に悩まされながらも豊多摩病院に鶴を見舞った。そして記す。

精神モウロウの中からわたしであると云ふ意識はたしかにあつたと認められたことはせめてもの喜びであつた。病ひの方は快復に向ひつゝあるのだが傷々しいほど衰弱してゐるやうだ。すべての機能の衰弱へ過度なる苦悶《くもん》から堪へかねて気脱けのしたものと思はれる。生か死か精神上の本体かの三様の中へ肉体を投げだしてゐる。いづれの勝利なるや……

それから一週間後の九月十四日、鶴はその苛烈な生涯を閉じる。その四年前の一九三三年二月二〇日に、作家の小林多喜二が特高によって虐殺されていた。

田辺聖子は鶴彬をどう見たか

鶴に注目していた人に作家の田辺聖子もいる。その『川柳でんでん太鼓』に田辺は、鶴が特高に目をつけられたのは同じ川柳雑誌の『三味線草』が密告したからだと書いている。さすがの特高も川柳までには注目していなかった。それなのに『三味線草』は居丈高に指弾した。

「時局に所する日本人としての愛国の至情に欠くるものなきやを憂ふる所あったが、新興川柳は餓死や淫売婦を詠ひだけでなく愛国の沸《た》ぎる作品を示せ。

重税の外に献金すゝめられ

といふ句主の日本人的意識を疑ふ。

川柳が「人間」の真実を歌ふ文学であることはわかる。日本人的な詩人達が軍歌を献納し川柳家が皇軍慰問川柳会を開くことは当然である。君達は日本人的詩人であることを不服とするのか。国家観念をどうした」

川上三太郎を含むこうした愛国鼓吹に『川柳人』は「そんな官製青年団の幹事みたいな安価な国家観念をもって威丈高になっては、おかしくて返事が出来ぬ」と反発した。そして「徒らに泡を吹いてとびまわる様な戦争川柳をつくることを笑ふのみだ」とし、

万歳を必死にさけぶ自己欺瞞
人間へハメル口輪を持って来い
華やかに名を売り故郷へ骨が着き

等の川柳を発表する。これがまた彼らを刺激した。

「現下、国民精神総動員、遵法週間等の叫ばれる時、吾等の柳壇を暗くするこれ等の

徒に対しては、更に更に監視を要するのである。
しかし依然として反省せざる場合は、吾人は別の手段によって善処したいと思ふ」
鶴彬と『川柳人』を特定した密告に、特高はあわててその頁を開いた。そして、
手と足をもいだ丸太にしてかへし
等にぶつかって仰天したのである。

高粱の実りへ戦車と靴の鋲
屍のゐないニュース映画で勇ましい
出征の門標があってがらんどうの小店
万歳とあげて行った手を大陸において来た
胎内の動き知るころ骨がつき

田辺は「特高のオッサンらは、雑誌を叩いて、ようもこんな作品を今まで野放しにしとったもんやと怒号したのではないかと思われる」と書いている。

タマ除けを産めよ殖やせよ勲章をやろう
稼ぎ手を殺してならぬ千人針
ざん壕で読む妹を売る手紙

田辺は鶴の川柳を挙げながら、次の女工小唄を引く。

「工場は地獄よ主任が鬼で
　廻る運転火の車
籠《かご》の鳥より監獄よりも
　寄宿ずまひはなほ辛《つら》い」

玉の井に模範女工のなれの果て
みな肺で死ぬる女工の募集札
ふるさとは病ひと一しょに帰るとこ
修身にない孝行で淫売婦
お嫁にゆく晴衣こさへるのに胸くさらせてゐる
ふるさとへ血へど吐きに帰る晴衣となりました
吸ひにゆく――姉を殺した綿くずを
売られずにゐるは地主の阿魔ばかり

これらの鶴の川柳には「玉の井」をはじめ、今では注釈のいる地名が出てくるが、ここではそのままにしておこう。

特高が驚いて検挙した『川柳人』の主宰者は井上信子だった。信子は前掲の『三味線草』では「不感症の信子一派には感ぜぬらしく、下等動物ほどどこを斬られても生きてゐるごとく、到底尋常の手段にて反省せぬだらう」と排撃されている。六十八歳という高齢のため、身柄は不拘束となったが、田辺は「なんと度胸のいい女性ではないか」と評している。

「鶴彬の作品が当局の忌避にふれるかもしれぬという危険をおかして、堂々と載せつづけていた」からである。『川柳人』は一九三七年にそう改題されるまでは『蒼空』と称していた。

三　兄事した田中五呂八との別れ

鶴の兄弟子・田中五呂八

近代文学者の吉田精一は一九七二年版の『川柳年鑑』で現代川柳に触れ、鶴の「手と足をもいだ丸太にしてかへし」を挙げ、こう言っている。

（この句は）たしかに戦争に徴発され、手足を失って帰還した傷兵をよんだ句と記憶するが、この句の裏にふくまれるはげしい怒りと悲しみは、とうてい俳句の企及し得ないところである。いやひとり俳句といわず、戦時下の文芸にあって、川柳のみがよくなし得たものであろう

川柳革新の運動を興した井上剣花坊のバトンを受け継いで新興川柳運動を始めたのが田中五呂八だった。

五呂八は一八九五年、北海道は釧路《くしろ》に生まれている。鶴より十四歳上だった。本名は次俊で、大食漢だったので、五呂八茶碗《ぢやわん》から五呂八と名づけたという。

五呂八は人妻に恋して北海道大学を中退したり、尋常ならざる青春を送っている。そんな五呂八が剣花坊の『大正川柳』に投稿を始め、一九二一年に川柳番付の東の横綱になった。

そして、その後しばらくの沈黙を経て、一九二三年に小樽氷原社を結成し、『氷原』を創刊する。創刊之辞では「俳句の下敷にされている川柳！」への決別を宣言した。「川柳を作る前に、先ず私の頭を黎明の清気に洗礼させねばならぬ」というのだった。それを五呂八は「生きんとする自己」で次のように表現する。

人間性の自覚が近代生活の凡《すべ》てへ何をもたらしたか。一個の人間に目覚めること、一つの自我を見出すことによって、哲学も宗教も芸術も、その価値表をことごとく書換えなければならなくなった。小説は寝て読むもの、詩は小鳥のように囀《さえず》るものといった、安価な人生肯定に生きつつあった自分は、人間が皮だけで生きていた不思議さであり、不幸なる幸福さであった。

知ることは、思索することは人間をより陰うつにする。江戸人の享楽的生活は、無自覚なる者に恵まれた幸福ではなかったか。
その江戸人のユニークな表現であり、江戸生活の反映である古川柳に感激すること、古句に標準をおくこと、それは一個の人間が生きていくうえに何等の不思議でもなく、何等の矛盾でもあり得ないかも知れぬが、真に時代に生きている人からみれば、かかる伝統的な感情や、思想や、道徳や、習俗に生きつつある人々の川柳や、新語で盛られた古川柳の延長にほかならぬと腹が立つのも無理でないと思う。（中略）
抹香くさい宗教に入れぬ私、余りに理知的な哲学を持ちきれぬ私、余りに因襲的であり、余りにも不自由な道徳に律しられたくない私にとって、一個の貧しい最短詩型なる川柳も、真に自己を救うべき慰安の対象であり、宗教的な救われの道でさえあり得る。
しかし救われ難い私である。悟脱しきれない煩悩の犬である私である。あらゆる争闘、凡ての矛盾、飽かざる欲念、その悩む姿を追えども尽きぬ反省、そこに私の詩には永遠の焦慮と永遠の苦悩がある。もし私がこの焦慮と苦悩から離脱したときには私にとって詩が要らなくなるときであろう。川柳を貧しい一個の最短詩型と言った。然《しか》りである。私は私の苦悩を表現し、私の個性を高らかに歌うべく、川柳という十七字詩型より恵まれた何等の持合せがない。創作に入ろうと思わない。長詩に走ろうと思わない。否、入ることのできぬ負惜しみであるかも知れない。そこに我等の表現型式たる川柳にまで価値づけたく思うのである。（中略）

げに散文の平面描写や、理知やに飽き足らざる欲求から、創作一本の雄たる有島武郎氏が、象徴詩を理想として詩の世界へ乗り出そうとしているのは何を語るか。（同氏個人誌『泉』四号「詩への逸脱」参照）

川柳界における川柳軽蔑者よ、川柳はどうせ十七字だからと自嘲している川柳冒瀆《ぼうとく》者よ。現代人の鋭敏なる神経組織は、長詩や小説の冗漫に飽き足らなくなったのだ。かくして十七字の短詩型は（十七字でなくとも）長詩の短縮されるべき未来でさえあるのではなかろうか。（中略）

私は再び言う。私の川柳の黎明は私の頭の黎明であり、川柳詩の黎明は各川柳人の頭の黎明でなければならぬと。然り。既成川柳界は、詩や芸術や、美学やの概念を知る前に、先ず一個としての自覚を呼び起こさねばならぬ。かくも目覚めた人、かくも個性的な人、かくも雑多な主義を持つ人々によって、永い冬眠に置かれた川柳界も、おくればせながら芸術へその一歩を踏みだすことができると共に、新川柳の文芸復興も、かくて有意義たらしむるものと信ずる。

既成川柳の卑俗性に対する反発として、高潔なアイデアル・ロマンチズムを掲げる『氷原』の五呂八に鶴はひきつけられていく。そして、二十歳にもならない少年の鶴を、五呂八は手紙や葉書で激励したり、指導した。

現実主義と神秘主義に分裂する柳壇

その幸せな関係が、プロレタリア川柳の森田一二《かつじ》の五呂八批判で破られる。森田が「吾が同志に対する挑戦」を書いて、五呂八に神秘主義の清算を迫ったからである。

その頃、鶴は仕事探しに疲れ、大阪は四貫島《しかんじま》の友人の下宿で汚い蒲団《ふとん》にくるまっていた。そして、『氷原』での森田と五呂八の論争を読みながら、「パンを得なくて何の思索があらう」と考え、森田の現実主義を支持して、「かつての指導者田中五呂八へ反逆の旗をかかげ」ることになる。

これによって五呂八の態度は一変した。

一九二八年三月十五日に特高による大々的な思想弾圧事件が起こるが、それにおびえて『氷原』は森田や鶴の論文をボイコットした。

五呂八は鶴に宛てた手紙で、こう書いている。

僕らの雑誌から貴君らをボイコットするのではない。野郎喧嘩は氷原の禁物でもあり、君達の元気のよい議論が、その筋の眼を光らせるので、貧弱な氷原として発表できないだけです。

そんな五呂八に鶴は敬意を失わなかった。剣花坊が師父とすれば、五呂八は師的な兄だったからである。

かつての愛撫と激励は、忽《たちま》ち憎悪と論難となり変り、それまで僕の畏敬してゐた田中の重々しい力は、まるで僕をおしつぶさんばかりの圧力となって迫ってきた。田中はつひに僕や森田の原稿を『氷原』からボイコットすることによって、窮地に陥れようとする戦術をとってくるやうになり、そのために僕たちは『川柳人』を藉りて田中を攻撃するといった風な状態にまで、相互の関係は必死的な悪化をとげてしまったのである。その間、井上剣花坊が現実主義への同情からさらに進んでその共鳴者となり、指導者となるにおよんで、新興柳壇は、現実主義と神秘主義の二つの陣営に水際立って対立するやうになったのである。

（「田中五呂八と僕」『火華』二十五号）

こうして、五呂八は有島武郎や武者小路実篤《むしやのこうじさねあつ》に傾倒し、プロレタリア作家の小林多喜二や、森田に惹かれる鶴とは進む道を異にするようになっていく。

それから鶴は「軍隊及び軍獄生活」を送り、四年ほど経《た》って柳壇に戻ってきた時には、『氷原』は休刊していて五呂八の消息も知れなかった。

その後突然、復活号が出たが、相も変わらぬ神秘主義で、同じ小樽にいる小林多喜二から五呂八が激しく批判されたというのも当然だと思った。

「どんな風に新しく出直してくるかとひそかに深い興味と期待をもってゐたのであったが、みごとに裏切られ、やや失望さへ感じ」つつも、手紙を書いて、『氷原』を送ってくれと伝えたら、返事が来た。

それには「自分の長い病気のこと、その後だまってゐたが、君の川柳の仕事にはたえず注目を怠らなかったこと、お互ひの世界観のちがふところはいまにおいてもゆづれないけれど、くだらない味方をたくさんもつよりも、君や森田のやうな手ごわい敵をもつことの方が張合ひがあるといふこと、これからはあまり論争などやらないで、新興川柳の社会化と詩壇進出について是非協力したいといった意味のこと」が書かれていた。

それを読んで鶴は特に「くだらない味方をたくさんもつよりも、君や森田のやうな手ごわい敵をもつことの方が張り合ひがある」という言い方に、五呂八らしいと微笑させられたという。

田中五呂八の死と鶴の追悼文

一九三七年に五呂八が亡くなったと聞いて「田中五呂八と僕」を鶴は書いた。その死を鶴は井上信子からの葉書で知った。

「突然の死に呆然《ぼうぜん》とし、しばらくはくらひ気持にうたれた」という。

　勿論その当時新進作家の花形気どりですこし生意気になってゐた僕の方でも田中五呂八を先生などとは思はなかったし、またむこふも僕を友人扱ひにして呼んでゐた。しかしいまから考へて見るにあの田中五呂八の熱誠的な、僕に対する激励や注意やは、自分の愛する弟子にむかっておくられるはげしい愛情と期待ではなかったかと思ふのである。

そして、なお続ける。

いまさらながら僕はこの一人の川柳詩人――いやこのすぐれた川柳批評家の死に心を傷めつけられてならない。ましてや、かつては全く弟子的なつながりのもとにおかれ、のちにその反逆者として対立闘争した間柄においてその感慨はじつに深刻である。

五呂八はもちろん、鶴自身をクローズアップさせるこの追悼文は、五呂八の『新興川柳論』を取り上げて次のように結ばれる。

それは文句言はずに句をつくれといって批評を軽蔑することによって、川柳の発展を阻止してゐた既成柳壇への生きた闘争記録であると同時にまた、新興川柳発展の歴史的文献でもある。その鋭い高い深い広い批評的業績は、けふこのごろそこらあたりに指導理論のかけらもなしに大家先生づらをして、愚まいな川柳大衆をあやつっておさまりかへってゐるガラクタどもを百ダースあつめてもなほ及ばぬ価値をもってゐる。恐らく田中のごとき批評家はまたと得がたいといふべきであらう。

木村半文銭への罵倒

木村半文銭もまた、純文芸派として鶴の批判の対象となった。二十八歳の鶴は、「論は五呂八、句は半文銭」と言われた木村に「川柳の神様のヘド」と題して次のような罵倒を「うやうやしく」浴びせている。

一九三七年！
川柳の神様がヘドをついた。
一人の不逞悪徳な背教者が
神様にとって「非合理的」な論争を吹きかけ
鼻持ちのならぬ卑俗な
「悪作」「愚作」を食べさせたために――。

この不幸な川柳の神様の名は木村半文銭！

この憎むべき背教者の名は鶴彬！
かつてより美の女神の使徒として
川柳の中につかわされた聖半文銭に
ひざまづいてゐる中の鶴彬めは
全く「頭の冴えた合理主義的」な
「尊敬」に価する「将来を嘱望」するに足る
天なる聖き川柳のしもべであったが
その後不幸にして
不信な大衆の悪魔に魅入られ
勤労するもの丶真理のために
神様の前に折ってゐた膝をのばした瞬間！
忽ち「気違ひ」の「洵に哀れむべき」
ユダのレッテルを貼られ
川柳の楽園を追放された。

笑ふべき喜劇よ！
こゝでは何よりも
神様の思召に背くことがいけないのだ
いやそれが神様の「論理」といふものだ
それで、不信なる大衆に身を売ったユダは、
川柳における人民のための論理を強調したゝめに
あたかも天動説をくつがへした地動説がはりつけにあわされた様に
手もなく
「尊敬すべき使徒」の祭壇から「軽蔑すべき悪魔」
のどん底へつきおとされてしまふのだ
あゝ多数のための「真実」よ
銀紙貼った銅貨のやうな
少数のための「真実」が

お前のかわりに横行しようといふのだ。

ところで、われわれは
かの世界の造物主の知恵が
人類の創造した知恵の総和以上でない事を
不敬にも知ってゐる
然し神が人類によって創造された
人間の姿態をそなへた
人間のあらゆる知能を象徴する
一個の偶像と見るときに
それはまさしく人類最大の傑作に他ならぬ
じつに神の偉大さ気高さは
人間の偉大さ気高さに正比例するからだ
（中略）

しかしわれわれは
こゝにわが川柳の神様に対して
愚かなる懐疑の告白をためらふわけにはゆかない
といふのは
もしこゝに世界の造物主が
土をこねて
まんまんたる大洋をつくり出さうとするならば
いや川柳の神様が
質流れのポエジイ論や
長詩の古ぼけた技術をもって
新しい川柳をつくらうとするならば
結局詩でも俳句でも川柳でもない
化物短詩が
うぶごえをあげるにすぎないといふことについて——

そして川柳の神様の神聖な祭壇は
つひに化物短詩のヂャンルへ
ひっこしせねばならなくなる必然性について――。
われわれのうちの一人の同志は
いま川柳の神様にむかって
批判の矢を放つよりも
むしろその現実精神を喪失し老衰した肉体へ
ホルモン注射を試みることが
はるかに有効だと教へてくれた
まったくそのとほり
事実は放った批判の矢よりも
正確であった。

大衆!!

それは上げ潮にたどりついたゴミであり
また一山十銭の腐った山積みみかんにすぎない
こうも考へてゐる聖半文銭にとって
われわれが
われわれの川柳の花園の土壌について
未来について
何べんくりかへしても
耳に入らなかった
そしてかわりに
われわれの川柳の未熟さや現実の小汚さを
裏長屋のおかみのやうに口を極めてののしりまくり
それでまだたらず
ぐわっと臭いヘドを吐いた
神様の衰弱した胃袋は

レアリズムを消化しきれず
つひに敗北したのである。

然しさすがは神様のことである
とっさの間に驚嘆すべき
新式の論争の方法を創造した
たとへば
鶴彬の「愚作」「悪作」ぶりは
トルストイの作品とくらべものにならぬ故
トルストイの言葉の真理に就いて
語る資格がないとか
また鶴の時事吟が
新聞のニュースの翻訳であり
また間のぬけたほどに

おくれた報告的ニュースである故に
てんで話しにならないとか。
あ、もし鶴の作品が
トルストイを凌ぐやうならば
何を苦んでトルストイを学ぶ必要があらう
何を物好きに
半文銭ごときケチな川柳の神様を
相手にとって争ふ必要があらう
またわれわれが
すくなくとも社会的時事の真相を
新聞や雑誌によらないで知り得る
魔法を心得てゐたら
それこそ逆に新聞社へニュースを
売り込んで歩くだらう

新聞の報道が真実を穿ってゐる場合
われわれはこの真実をゆがめることは
作家として罪悪だと思ふ
川柳の神様よ
あなたの魔術をもって
われわれが「ノロノロした月刊雑誌」などで
月おくれな川柳ニュースを
発表しないですむやうな
われわれが自由にふるまひ得る
「日刊新聞」とかを
貧しいわれわれに与へたまへ！

あなたは
「過去三十年に亘って」

川柳でさまざまな苦しみをなめて来
その間を
「高い笑ひや鋭い諷刺や
寸鉄殺人的な穿ちに終始」して来たと
のたまわせられる
しかも神様の名において！
そして「疑問に思ふなら
いつでも句集」を進呈してやらうとまでも。
有難い仕合せながら
あなたの芭蕉様の口まねや
みみずの様な卑俗な笑ひや
アナキズムやファッショの生かじりの諷刺や
穿ちのおけらレアリズムでは
もはやわれわれの

現実地盤は掘り下げられないほどに
固く凍りついてゐる。

われわれがもしあなたの忠実な使徒であったら
われわれが「古川柳の知識」を欠いでゐたり
「既成川柳だって満足につくれない」ことを
ほめ言葉の花環で飾られたであらうに
あゝ何たる不幸なことか
いまは「馬鹿」呼ばはれされねばならぬ
われわれは神様の御感にあづかるために
いまさら古川柳の虫喰ひ本の中へ沈没し
既成川柳の卑俗な泥遊びのイロハを学ぶために
時間と精力を浪費せねばならぬのか

（以下略）

（「川柳の神様のヘド」『火華』二十四号）

これを読んで私は「私の喧嘩作法」と題して書いた次の一文を思い出した。多分、鶴のこの悪罵も読んでいて、それも頭にあったに違いない。
新興川柳派として川柳の革新に共に手を携えながら、森田一二や鶴は五呂八や半文銭と袂《たもと》を分かった。批判は固有名詞を挙げて具体的にということを私は鶴や竹中労から学んだのである。

「ヘアトニック・ラブで革命ができるか」

不破哲三について竹中労はこう言った。いまの志位和夫のように〝共産党のプリンス〟視されたころの不破を、プラトニック・ラブをもじって痛烈に皮肉ったのである。
私は悪罵の投げ方を、この竹中と江藤淳に学んだ。
その最期はいささか意外だったが、江藤も喧嘩はうまかった。対手を刺し貫かずにはおかないというような苛烈な言葉の使い方を、私はこの二人から密《ひそ》かに盗んだ。別に〝冒険〟をしているわけではない。結果的にそう見えるかもしれないが、最も的確な言葉を探して、ある種の上品さをかなぐり捨てているだけである。

竹中は『週刊読売』連載の「エライ人を斬る！」で、時の首相・佐藤栄作の夫人、寛子《ひろこ》などを槍玉に挙げ、突如、連載を打ち切られた。それで謝罪文要求の訴えを起こしたのだが、その裁判の証人に自らが〝反逆の志忘れたハゲ坊主〟とバッサリやった今東光《こうとうこう》を申請した。そして、一九七六年十月二十七日、今の〝臨床尋問〟が行われる。

訴えられた読売新聞社側は、これを「下品で野卑で愛情のない、プライバシーを傷つける表現」であり、「取材の対象に会いもせずに、恣意によってメッタ斬りにする、人物評論の常道を逸した低級な記事」と決めつけたが、今自身はそう受け取らなかった。

「竹中クンの人物評には、底意地の悪い不潔感のともなう表現はありませんね。斬られるほうだって、鈍刀でやられるより名刀でスパッとやられたほうがさっぱりする。竹中クンの裁断というか、メスの入れ方というものは非常に明快、痛快で僕は好きですね。それを嫌だ不愉快だというのは、よっぽど了見のせまいヘンな野郎で、そういうのがつまりエライ人ということになるんでしょうな」

弁護士が「体制秩序のタイコ持ち」といった表現を中傷とか個人攻撃と思わなかったかと尋ねても、今は平然と答える。

「日本人というやつはかげにまわると、天皇陛下の悪口だって言うんですから、面とむかってののしられるのは、むしろ幸運だと思わなくっちゃいけないんですよ。よい評判しか耳に入ってこないと、人間はダ落しますからね。ハゲといわれるのが嫌ならカツラをかぶりゃいい、タコ坊主、クソ坊主、そんなこたァあんた、銀座のバーの女の子のほうが、よっぽどぬけぬけと不遠慮にいうんダ。竹中が言ったからハラが立つ、ホステスだったらヤニさがってへらへら聞いている、そんなものですよ並のエライ奴ってェ人種はね」

竹中は今を「男根もどきの禿頭《はげあたま》を、おっ立てふり立ててマスコミを騒がせにかかった」とも書いている。弁護士が「そんな表現がございますね」と挑発しても、今は、

「ああ、ござったござった。ヘッヘッへ実に面白いねえ」

と笑いとばした。そして、「文体や斬る対象によっての心配り」がなされているかという問いにも、今は泰然と答える。

「これはねえ、無意識にというか、言いたい放題に書いちゃいませんよ。文章読めばすぐにわかるけど、竹中ってのは意識過剰な男だからね、それはかなりはっきり意識して工夫して書いていますとも。これね、ちょっと見ると、俺を怒らせよう怒らせようとして、今東光に竹中労が挑んでるなと、トーシロは思うでしょうけどね、そいつは間ちがいだな、だいいち僕自身がそうとっていません。逆に悪口はそれでも足りない、もっとやっていいと言いたいくらいだ。人物評ってもな、そういう毒をふくまな

くちゃ、サマになりゃあしません。ハゲだって、ヘッヘッヘ今に見ろ手前だって禿げらあと楽しみにしていたら、ごらんなさい坊主になっちゃった。文章ってものは両刃《もろは》のツルギです。人を斬るときにはおのれも血を吹くことを覚悟でなくっちゃ、ものなど書けやしませんよ。それが、工夫や心配りの根底になくっちゃねぇ、竹中クンの文章だって、再読三読してみればそのへんをちゃあんと心得ていることは、眼が節穴じゃなきゃわかるはずです」

竹中によれば、今のこの証言は、事前の打ち合わせなどまったくなしに行われたものだった。竹中の言うように、これほどストレートに、「もの書きにとっての自由とは何か、奪うべからざる志とは何か」を語った言葉もあるまい。要のところだけ引用したが、全文は他の証言とともに竹中の『自由への証言』に収められている。

もちろん、竹中のような「名刀」(むしろ妖刀か)ではないとしても、私の直言も今東光のようには受け取ってもらえない。それで、いろいろ物議を醸してきた。

以下、いくつか挙げてみよう。

まず、「政治家にモラルを求めるのはゴキブリにモラルを求めるに等しい」。

これには、羽田孜《はたつとむ》が怒って、TBSの「ニュース23」に抗議をしてきた。そこで発言したからである。それで、別のところで追い討ちをかけた。

「羽田を悪い人だとは思わない。いい人であることに私も異論はないが、その上に『どうでも』をつけたい」

やはり、「ニュース23」で羽田内閣についての評を求められた時、

「夜店のおもちゃみたいな内閣で、昼の光には当てられない」

と言ったら、露天商から、われわれはそんなひどいものを売ってないぞというクレームがついた。

宿敵・長谷川慶太郎（経済評論家）に対しては〝おみくじ評論家〟というニックネームを進呈した。長谷川と私の違いがわからないのは、クソとミソの区別がつかないのだ、とも言っている。

「銀行のヤクザ化とヤクザの銀行化」等、他にもその由来を語りたい〝冒険〟はあるが、紙数が尽きた。

いつか、上野千鶴子（東京大学教授）に、上野と私の共通点は下ネタに強いことだと言った。それはつまり、根源的に基本から考えているということで、もともとが下品だということではない。

根源的にということは日々の生活から離れないということで、鶴の川柳に肉体がよく出てくるのはそのためである。

四　鶴彬の二十九年

大逆事件と鶴の生きた時代

一九一〇年の大逆事件を皮切りに、鶴の生きた時代をたどれば、それはそのまま日本のファシズム激化の時代である。

一九一四年　第一次世界大戦に参戦
一五年　対華二一ヶ条要求
一八年　米騒動
一九年　朝鮮、三・一独立運動／中国、五・四運動
二一年　原敬《はらたかし》暗殺
二三年　関東大震災、朝鮮人虐殺
二五年　治安維持法公布
二七年　金融恐慌
二八年　共産党員の一斉検挙（三・一五事件）

三一年　満州事変
三二年　五・一五事件
三三年　国際連盟脱退
三六年　二・二六事件
三七年　日中戦争に突入

そして、一九三八年の国家総動員法公布の年に鶴はその生涯にピリオドを打たれる。一叩人編著の『反戦川柳人・鶴彬——作品と時代』によって、鶴の二十九年を追う。

「僕はむしろ頭脳で考へるよりも胃袋で直観した」はまさに鶴ならではの自己把握である。


一九三四年に井上剣花坊が亡くなった後、鶴は特に森田一二に師事する。生命主義の田中五呂八から離れ、社会主義を唱導する森田に学んだ。

河上肇《かわかみはじめ》の『社会問題研究』やレーニンの『なにをなすべきか?』を精読してプロレタリア階級意識を強固にしたのである。

早熟な鶴はすでに十八歳の時にこんな詩を作っている。

あせじみた紺がすりのあわせで失業的憂鬱にとりつかれてゐる僕へ
冬は青竜刀の如く迫って来た

そして十九歳の時に郷里の高松に川柳会を結成し、会員と共に検束された。
二十歳の時には渡辺尺蠖に次のような便りを送っている。

……目下の僕は手も足も出ない程、就職難に苦まされてゐます。十月初旬以来、和尚と奥さん（井上剣花坊、信子夫妻）の御情によって、今日まで、無事を得ましたが、いよいよこれからは、何とか仕事を見つけなくてはならないのです。といって中々、吾々を使ってくれるところがないので、全く悲惨さにあまって、涙も出ません。二三日後僕は、支那労働者の群に入って、しばらく飢を凌《しの》がうと思ってゐます。

二十一歳の一九三〇年一月十日に入営した鶴は、三月十日の陸軍記念日に連隊長の訓辞を聞いて質問し、重営倉に収監された。

一叩人は鶴の「かつてみない勇気ある行動」を称《たた》えつつ、「翌年四月軍法会議にかけられた『金沢第七連隊赤化事件』とともに反軍反戦の闘いの火ぶたを切ったと言えよう」と書いている。懲役二年。一九三三年八月に刑期を終えて軍隊復帰し、二等兵のまま除隊した。在営四年の闘いだった。

大谷敬二郎の『昭和憲兵史』には、こう記されている。

　歩兵第七連隊第九中隊二等兵喜多一二は、もと無政府主義に共鳴し漸次共産主義に傾き、マルキシズムに関する書籍を渉猟して共産主義を信ずるに至ったのだが、すでに入隊前、日本共産党、共産青年同盟を支持していた。そこで入隊後は隊内に、これらの拡大をはかるために同志組織を結成しようと企み、日本プロレタリヤ芸術連盟金沢支部の同志から、『共産青年』を入手しこれにより数人の兵士たちを結集しようとしていた。事は発覚して懲役二年に処せられた。

この中の『共産青年』は『無産青年』の誤りである。これを鶴は名古屋新聞金沢支局記者の小嶋源作から受け取り、ひそかに兵隊に配布した。その様子が『川柳人』六百五十三号の「丸太にされた鶴彬　ある川柳作家の生と死――朝日放送ラジオから」で明かされている。

ここに登場するのは中部日本放送会長の小嶋源作、金沢市で印刷工場を経営する伊藤進、そしてナレーターの桂朝丸《ちょうまる》である。伊藤は軍法会議の証人だった。

朝丸　昭和五年鶴彬さん当時二十一才、このとき兵隊にとられますんや、金沢の第七連隊に入隊ですワ、お国のため生命かけてと、もうそんなことは止めようという神経でっさかい、いい兵隊の筈はございませんワ。昭和六年の四月金沢第七連隊赤化事件によってですネ、軍法会議にかけられる。

この軍法会議に証人として喚問された伊藤進さんの話、きいて参りました。

伊藤　昭和五年ですね。このとき喜多一二が『無産青年』を七連隊の中に秘《ひそ》かに運びこんで同志に配布していた、と、でその責任者が僕だったものですから彼がその『無産青年』を誰から手に入れたかということを追及されて結局いま中部日本放送の会長していますけれども小嶋源作から手に入ったと。

朝丸　エエッ！　小嶋源作さんいうたら私知ってまんがな。CBCの会長さんですわ。中部日本放送の会長さん。私「ラブラブ・ダッシュ」という番組でね、お世話になってましたんやがなー。いって来ました、会長さんとこへ。

小嶋　もう六十年位前だけども、金沢で左翼雑誌を中心とする活動をしていて旁々僕は演劇運動もやっていたものだから、そのとき喜多と知り合ったわけですが、僕よりも二つ三つ若かったかなあれは、それで高松へ僕は何回か行きました、そういう川柳の会合にネ。銭湯、風呂屋の二階で集っては川柳の話、雑誌を中心とする話。彼はまだ若いし非常に元気な時代で精悍《せいかん》な面構えで気迫のある男でした。

まあそういう関係をズーッと続けていて兵隊にとられて、僕と軍隊内部と外との活動の連絡を二人でよくやっていたんですね。

そのうち鶴は軍隊内で検挙されてしまった。僕も憲兵に検挙された、と。拘留されているわけですよ。

喜多とは二へん位顔を見合わせましたよ（憲兵隊内で——筆者注）、あいつが取調べに出てくる、僕が帰ってくる。チラッとお互に見合せたことがありますが。

朝丸　伊藤さんも拘置所に入れられはったんですが当時の取調べはキツかったんとちがいまっか、ネエ伊藤さん。

伊藤　それはですね実にむごたらしいもので例えば爪の間に竹を入れて間を裂くとか、板の間に坐《すわ》らせて上に乗っかるとか、裸にして竹刀でブン撲ぐるとかネー。（中略）

僕なんか着ている浴衣がそのため血だらけになりましたしね、あと抱えられてようやく留置所へ戻ってくる。

改めて言うまでもなく、鶴の話は遠い昔の話ではないのである。

剣花坊の娘・鶴子

剣花坊のところに来た頃の鶴を、剣花坊の娘の鶴子が、こう語っている。

私がまだ結婚しない前で(二十歳)名古屋の森田一二という方が連れていらしたんです。……特高か何かに追われていらしたらしいですね。そんな事情があったけれど、剣花坊が、うちに来てもいい、とかって、あの頃は二十一、二じゃなかったでしょうか。背の高い、なかなかハンサムなネ、眼なんか可愛い眼をしていらしてとても美少年でしたよ。剣花坊も信子もとてもいい青年だと思ったんでしょう。『川柳人』という雑誌を出していましたんで、編集を手伝ったり、しょっちゅう川柳の方がいらっしゃるわけです。そういう方と、いろんな議論がとても好きでネ。

鶴の雅号が、剣花坊・信子夫妻の娘、鶴子を慕っていることに由来することは前述したが、坂本幸四郎は鶴の生涯の記録から「落葉の葉ずれのように――鶴子さん――という声が幻聴となって聞こえてくる気がする」と記している。

青年のままに鶴は大日本帝国に殺された。

軍隊内での鶴彬

そんな鶴を作家の柳広司《やなぎこうじ》が次のように描いている。『アンブレイカブル』の「叛徒」である。

憲兵大尉の丸山嘉武が、鶴を「良い憲兵」にしようとたくらむ。もちろん、これはフィクションだろう。しかし、作家の目は独特の角度から鶴に迫る。

一九三一年春に金沢第七連隊で鶴を被告の一人とする軍法会議が開かれた。非公開のその会議に丸山は〝立ち会い判士〟として列席したとする。

「当時鶴彬は二十二歳。色白、やせ形。整った顔立ち。被告席で開廷を待っている間、口を開くまでは、ごく物静かな青年といった感じだった。が、被告人訊問《じんもん》がはじまるや否や態度が一変した」

どう変わったか。裁判長を務める中佐に怯《ひる》むことなく、堂々と証言したのである。

たとえば、日本共産党について問われて、

「自分は日本共産党が掲げる綱領に大体において共鳴している」

と胸を張って答え、「大体においてとはどういうことか」と訊かれると、「現在の共産党が掲げるスローガン中、君主制度の撤廃なる一項目は我が国の国情に照らして直ちには共鳴しがたい。我が国が将来共産主義となるとも、現英国の如き君主制を維持するのが望ましいと考える」と応ずる。

では、『無産青年』を軍隊内に持ち込んだのはなぜか、と尋ねられると、

「自分は共産党の政治勢力拡大には殆ど関心はもっていない。『無産青年』は、自分で読んで面白いと思ったから人にも勧めただけだ」と歯切れのいい東京弁で答えた。

「そのいったいどこが悪いのか、と言わんばかりの、悪びれぬ態度である。かと思えば、証言途中ふいに、しゃべり疲れたので少し休ませてほしい、と言って勝手に一息いれるといった具合で、まったく自由自在」

柳はこう描写しているが、「読んで面白いと思ったから」とかは、あるいは鶴を見事にキャッチしているのかもしれない。鹿爪らしい青年ではなかったことだけは確かである。また、生真面目だけでは、軍隊内で『無産青年』を勧めたりはしないだろう。

恐縮とかとは無縁の鶴の言動について「あまりに突飛、予想外であって、法廷内ではむ

しろ笑い声が聞こえたくらいであった」と作家は指摘しているが、この柳の描写を私は支持したい。

一九三〇年三月十日には鶴は「質問がありますす事件」を起こしている。陸軍記念日のその日、連隊長が軍人勅諭を奉読している時に、突然、「連隊長、質問があります！」と申し出た者がいた。二カ月前に入営したばかりの喜多一二(鶴)だった。上官たちは色を失う。非常識にも程がある。不敬の極みで、そのまま十日間の重営倉入りとなった。

その後しばらくして、今度は連隊長に一通の上申書が届けられる。「二年兵の内に理由もなく新兵に暴力を振るう者がある。軍として善処を求める」という内容で、差出者は「なぐらない同盟」。代表者として喜多一二と堂々と記されていた。この時は監督不行き届きとして、直属の中隊長が交替させられている。

他にも幾つか他聞をはばかって公にならなかった事件があるらしく、鶴彬が所属する隊では中隊長が都合三度にわたって交替していた。

作家はこうも指摘しているが、鶴が入営して、半年余りのことだった。軍人としては「札付きの問題児」の鶴は、しかし、「面白い奴」として周囲の評判は悪くなかったという。これ以上は柳の描いた作品に譲りたい。現在五十代の柳が鶴に注目したことにも私は感謝したいと思う。

鶴の最期

さて、その悲惨な最期である。

鶴彬の死は、一九三八年九月十四日午後三時四十分に確認された。翌十五日朝、信子が一二三から受け取った重態の速達の消印は十四日午前〇時から四時になっている。その配達の遅れを「不可解でならない」と信子は十五日の日記に書いている。

十五日に信子が豊多摩病院を訪れた時は、鶴彬は前夜すでに霊安室へ移されていた。その十五日の信子の日記を引こう。

……先ず病院へ出向いたところ呆然昨夜○○室（原文のまま・筆者注）へ移したとの事。道を聞いてその方へ行く。誰も居ず一時間余り経つてから母親と連れ立つて兄弟妹三人でやつて来た。お互ひの挨拶は簡単であつたが言語に出されぬものが通じ合つて居るやう思えた。一同○○室に入り永久の別れの合掌である。彼の意志と同じに頑強であつた肉体は傷々しいほどスリ減らされ出す丈のエネルギーを発散し尽くし然る後君はいとも安らかに闘士の影さへも皆無に見える。一切の苦痛から解放された顔とも見られた。ここに私は一切是空の経文を思い出した。

さすがに妹は声を立てゝすすり泣くのがその場の沈黙を破るのみであつた。出棺は三時といふので私は失礼し龍子と待ち合す時間が迫つてゐるので新宿へといそいだ。買物をおわり松竹館で「愛染《あいぜん》かつら」を見帰りに三福で軽い食事をとりそこで龍子と別れ自分は帝都座で路傍の石を観、六時前に出た折り□空襲管制中なので一歩も行けず街は黒一色塗られ何分視界には一際黒い人影の一団がうごめいてゐるのである。

時々監視官の自動車が爆進の音立て、通るのと数百と思われるほどの靴音が流れ過ぎる。空には照空燈の光芒が交錯して恰《あたか》も敵機でも追つ掛け廻すやうな光景に見られる。かくして緊張は刻々迫るやうで遂《つい》には現実の錯覚が襟元をかすめる。涼しい秋の夜風は肌へ浸みて来るので何だか暖かい明るい世界へ逃避したい気になつて遂に帝都座の地下室へ吸はれ込んだ。急に暗の世界から明るい世界へ展開したので自分は思はず足を停《と》めて呆然と辺を見ました。

喫煙室のクッシヨンは満員で埋められ紫煙の会い間から見る顔顔顔は朗かに伸びやかにふんぞり返つて平和な空気を呼吸して居るやうである。食堂の方は疎らではあるが三、四人づつの男中には女も交じつてビールやウオツカやブドウ酒のコツプを囲んで談笑に余念のない有様である。自分は若い女性の人と向き合ひになつて腰を下しプログラムのあれこれかと見たが名前を知らぬもののみで注文に迷つたが結局名に親しみのある松茸《まつたけ》のフライを注文した。向かひの人はチキンライスのやうであつた。さきほど三福の食堂で仕込んだせいか、半ば以上残してホークを納めた後ゆつくりしてこの虹色に咲いたシャンデリヤの花の中から再び暗黒な巷《ちまた》に出たのである。

いつの間にか警戒管制に変つて薄明り舗道には電車自動車などが蛍の明るさ位いの照明を灯《っ》けて往復して居る。商店は巧な遮光をして皆商売をして居る。駅もホームも余り不便は感じなかつた。中野駅からバスに乗り替新市街へゆくほど暗さが増した。馬橋四丁目で下車してからは殆どあやめも明かぬ暗黒さである。人とすれちがうにも足のひゞきはきこえてもその主は何者か不明危険極りなし。自分は煙草に火をつけて吸ひながら人の近づくと共に深く吸ひこんで自分の存在を示して無事帰宅することが出来た。今日朝からの事を考へ見この一日中にさま〳〵のことを教へられて味い又経験したのであつた。

鶴彬の死は治安維持上、世間に伏せられる。上京してきた母をはじめ肉親だけで簡単な葬儀をすませ、兄の孝雄が自分の住む岩手県盛岡市へ遺骨を持ち帰った。そこの光照寺に埋葬したが、東京から憲兵がついて来たという。墓は孝雄と住職が守ってきたが、いつのまにか所在さえ不明になっていた。それが一九六五年になって発見される。二十七年の時を経ての復権だった。

五　石川啄木と鶴彬

石川啄木をどう見ていたか

鶴には二十八歳の時に書いた「井上剣花坊と石川啄木〔一〕」という長編評論がある。それは「このごろ方々の川柳雑誌の若い作家達の間に、石川啄木のごとくあれ！　といった様な言葉が流行してゐる」と始まる。

啄木もまた、権力にとっては苦々しい存在だった。危険な歌詠みであり、「時代閉塞の現状」といったシャープな評論を書く危険な思想家だったのである。

坂本幸四郎は「戦前、啄木を高く評価した人は数えるほどしかいない。荒畑寒村、土岐《とき》善麿《ぜんまろ》、中野重治、渡辺順三らである」とし、その中での鶴の啄木発見だから、その先見性に着目しなければならないと指摘する。ある意味で鶴は啄木に自らを擬したのだろう。

啄木が二十六歳で亡くなったのは一九一二年だが、その前々年に起こった、というよりフレームアップされたのが大逆事件である。この一九一〇年に大日本帝国は韓国を併合してもいる。

地図《ちづ》の上朝鮮国《てうせんこく》にくろぐろと墨《すみ》をぬりつゝ秋風を聴く

こう歌った啄木は、日本が韓国を併合してしまったことを慶事だと思わない数少ない日本人だった。

アナーキスト詩人の秋山清が『啄木と私』に書いたように、日本と韓国が一緒になったと言いながら、それは対等の関係でそうなったのではなく、日本人が朝鮮人を差別し、議会に朝鮮人の代表を出すことも考えない一方的なものであることを啄木は嘆いていたのである。それは朝鮮人を幸せにしないばかりでなく、日本人のためにもならないと啄木は思った。

山本有三に『女の一生』という作品がある。その主人公、允子《まさこ》は旧制高校に入った息子がハイネの本を読んでいるのを知って微笑《ほほえ》む。自分も若き日にハイネの恋愛詩を胸をときめかせて読んだのを思い出したからだ。

しかし、息子が読んでいたのは、革命詩人となった後期のハイネだった。

日本が軍国化していく中で、「危険思想」を持つ息子は逮捕される。允子は安心していたのにである。

「前期のハイネ」と「後期のハイネ」を対比させたこの場面は忘れがたい印象を残すが、日本のハイネともいうべき啄木もその短い生涯の中で、どんどん先鋭になっていった。

平手《ひらて》もて吹雪にぬれし顔を拭《ふ》く友共産《きょうさん》を主義とせりけり

「性急《せっかち》な思想」の波

天皇暗殺を企てたとして幸徳秋水らが逮捕された大逆事件がでっちあげだったことは明らかになっているが、弁護士の平出修《ひらいでしゅう》から裁判記録を借りて（もちろんひそかに）、その不当性に啄木は当時から怒りの炎を燃やしていた。

幸徳らは翌年一月二十四日に処刑されるが、その二週間ほど前に啄木は友人の瀬川深《ふかし》にこんな手紙を書いている。

僕は長い間自分を社会主義者と呼ぶことを躊躇《ちゆうちよ》してゐたが、今ではもう躊躇しない、無論社会主義は最後の理想ではない、人類の社会的理想の結局は無政府主義の外にない（君、日本人はこの主義の何たるかを知らずに唯《ただ》その名を恐れてゐる、僕はクロポトキンの著書をよんでビックリしたが、これほど大きい、深い、そして確実にして且つ必要な哲学は外にない、無政府主義は決して暴力主義でない、今度の大逆事件は政府の圧迫の結果だ（以下略）

大逆事件に加わったとされる者の中にはアナーキストもいた。しかし、無政府主義（アナキズム）は相互扶助を原理とし、ゆえに政府は要らないという思想である。

この手紙を書いてほぼ一カ月後に啄木は、やはり友人の大島経男《つねお》に次のような手紙を出した。間に幸徳らの死刑執行がある。

私は、一人で知らず〳〵の間にSocial Revolutionistとなり、色々の事に対してひそかにSocialisticな考へ方をするやうになつてゐました、恰度《ちようど》そこへ伝へられたのが今度の大事件の発覚でした、――私はその時、彼等《かれら》の信条についても、又そのAnarchist Communismと普通所謂Socialismとの区別などもさつぱり知りませんでしたが、――少い時から革命とか暴動とか反抗とかいふことに一種の憧憬を持つてゐた私にとつては、――自分の歩み込んだ一本路の前方に於て、先に歩いてゐた人達が突然火の中へ飛び込んだのを遠くから目撃したやうな気持でした、

これを書いた時、啄木は二十五歳、翌年春に夭折《ようせつ》する。啄木はアナキズムを「性急な思想」と称しており、決して過激な青年詩人ではなかった。それは伊藤博文の死に際して次のように書いていることでも明らかだろう。

「吾人は茲《ここ》に事新しく公の功労を数ふる程に公を軽視する能《あた》はず」「明治の日本の今日ある、誰か公の生涯を一貫したる穏和なる進歩主義に負ふ所」「『穏和なる進歩主義』と称せらるゝ公の一生に深大の意義を発見す」

秋山清は『啄木と私』に「彼（啄木）が伊藤博文の温和な進歩主義と対比して考えたものとは山県《やまがた》（有朋《ありとも》）・桂（太郎）の軍国主義か、急進の自由民権運動乃至《ないし》社会主義的主張などであっただろう」と指摘する。（括弧内筆者注）

「性急な思想」の波が押し寄せるのにおびえて、当時の政府というか、権力者、なかんずく山県有朋が「大逆事件」をでっちあげて幸徳秋水らを捕まえたが、これに対し、石川啄木は「所謂今度の事」をひそかに書いた。啄木の死後に発表されたそれは次のように激しい。

日本の政府がその隷属するところの警察機関のあらゆる可能力を利用して、過去数年の間、彼等を監視し、拘束し、啻《ただ》にその主義の宣伝ないし実行を防遏《ぼうあつ》したのみでなく、時にはその生活の方法にまで冷酷なる制限と迫害とを加えたに拘《かか》わらず、彼等の一人といえどもその主義を捨てた者は無かった。主義を捨てなかったばかりでなく、却《かえ》ってその覚悟を堅めて、遂に今度のような凶暴なる計画を企て、それを半ばまで遂行するに至った。――警察ないし法律というようなものの力は、いかに人間の思想的行為に対《むか》って無能なもので有るかを語っている――。

ここで啄木が「凶暴なる計画を企て、それを半ばまで遂行するに至った」と指摘しているのは、幸徳らは知らなかったが、引っかけられる危険のある「計画を企て」る者がいたことはあったからだろう。

幸徳秋水らに親近感以上のものを寄せた石川啄木は、大逆事件がでっちあげられる直前の大島経男への手紙にこう書いている。

現在の日本には、恰も昨日迄《まで》の私の如く、何らの深き反省なしに日本国といふものに対して反感を抱いてゐる人があります、私はそれも止《や》むを得ぬ現象と思ふけれども、然し悲しまずにはゐられません。（中略）

現在の日本には不満足だらけです。然し私も日本人です、そして私自身も現在不満足だらけです、乃《すなわ》ち私は、自分及び自分の生活といふものを改善すると同時に、日本人及び日本人の生活を改善する事に努力すべきではありますまいか、愛したいけど愛せないと啄木は言っているのである。

徳冨蘆花《ろか》の「謀叛論《むほんろん》」

一九一一年二月一日、幸徳秋水らの処刑がまだ世を震撼《しんかん》させていた中で、本郷の第一高等学校に招かれた徳冨蘆花は「謀叛論」と題して熱弁をふるった。招いたのは一高弁論部の河上丈太郎《かわかみじょうたろう》（のちの日本社会党委員長）。講演を聴く一高生や東大生には矢内原忠雄《やないはらただお》や南原繁《なんばらしげる》（共にのちの東大総長）がいた。

その草稿が岩波文庫の『謀叛論』に入っている。途中から引く。

諸君、僕は幸徳君らと多少立場を異にする者である。僕は臆病で、血を流すのが嫌いである。幸徳君らに尽《ことごと》く真剣に大逆《たいぎゃく》を行《や》る意志があったか、なかったか、僕は知らぬ。彼らの一人大石誠之助君がいったということく、今度のことは嘘《うそ》から出た真《まこと》で、はずみにのせられ、足もとを見る暇もなく陥穽《おとしあな》に落ちたのか、どうか。僕は知らぬ。舌は縛られる、筆は折られる、手も足も出ぬ苦しまぎれに死物狂《しにものぐるい》になって、天皇陛下と無理心中を企《くわだ》てたのか、否か。僕は知らぬ。冷静なる法の目から見て、死刑になった十二名ことごとく死刑の価値があったか、なかったか。僕は知らぬ。「一無辜《いちむこ》を殺して天下を取るも為さず」で、その原因事情はいずれにもせよ、大審院の判決通り真に大逆の企《くわだて》があったとすれば、僕ははなはだ残念に思うものである。暴力は感心ができぬ。自ら犠牲となるとも、他を犠牲にはしたくない。しかしながら大逆罪の企に万不同意であると同時に、その企の失敗を喜ぶと同時に、彼ら十二名も殺したくはなかった。生かしておきたかった。

最初に「僕は臆病で、血を流すのが嫌い」と断っているが、あの状況で「彼ら十二名も殺したくはなかった」と公の場で言うことほど勇気ある行為もなかろう。

なぜ、彼らを「生かしておきたかった」と蘆花は言うのか？

彼らは乱臣賊子の名をうけても、ただの賊ではない、志士である。ただの賊でも死刑はいけぬ。まして彼らは有為《ゆうい》の志士である。自由平等の新天新地を夢み、身を献《ささ》げて人類のために尽さんとする志士である。その行為はたとえ狂《きょう》に近いとも、その志は憐《あわれ》むべきではないか。

こう続けた蘆花は、さらに踏み込む。

彼らはもと社会主義者であった。富の分配の不平等に社会の欠陥を見て、生産機関の公有を主張した、社会主義が何が恐《こわ》い？　世界のどこにでもある。

今読んでもハラハラするような講演である。多分、聴衆の矢内原や南原もドキドキしていただろう。

それなのに、「狭量神経質」の政府は社会主義をひどく気にして、特に社会主義者が日露戦争に対して非戦論を唱えると、にわかに弾圧を強めた。

そして、足尾鉱毒事件から赤旗事件となって、官権と社会主義者は犬猿の間となってしまったのである。自らも捕まることを覚悟しなければできないような講演だろう。

諸君、最上の帽子は頭にのっていることを忘るる様な帽子である。最上の政府は存在を忘れらるる様な政府である。帽子は上にいるつもりであまり頭を押つけてはいけぬ。我らの政府は重いか軽いか〔分〕らぬが、幸徳君らの頭にひどく重く感ぜられて、とうとう彼らは無政府主義者になってしもうた。無政府主義が何が恐《こわ》い？ それほど無政府主義が恐いなら、事のいまだ大ならぬ内に、下僚ではいけぬ、総理大臣なり内務大臣なり自ら幸徳と会見して、膝詰《ひざづめ》の懇談すればいいではないか。

それをやらずして、章魚《たこ》のように長い手足で彼らを絞めつけたから、彼らは虎になってしまった。幽霊のような企ては失敗し、彼らは捕らえられて、主立った十二名は「立派に絞台の露と消えた」のである。一度、そう断定して蘆花は付け加える。

諸君、今一人、土佐で亡くなった多分自殺した幸徳の母君あるを忘れてはならぬ。

そして、「死は彼らの成功である」と主張する。

パラドックスのようであるが、人事の法則、負くるが勝である、死ぬるが生きるのである。彼らはたしかにその自信があった。死の宣告を受けて法廷を出る時、彼らの或者が「万歳！　万歳！」と叫んだのは、その証拠である。彼らはかくして笑《えみ》を含んで死んだ。

さらに蘆花は「僕は天皇陛下が大好きである」とし、

もし陛下の御身近く忠義鯁骨《こうこつ》の臣があって、陛下の赤子《せきし》に差異はない、なにとぞ二十四名の者ども（筆者注・罪一等を減ぜられて助かった十二名を含む）、罪の浅きも深きも一同に御宥《ゆる》し下されて、反省改悟の機会を御与え下されかしと、身を以て懇願する者があったならば、陛下も御頷《おんうなず》きになって、我らは十二名の革命家の墓を建てずに済《す》んだであろう。

と嘆く。

そして、せめて山岡鉄舟がいたらとか、伊藤博文でも生きていたらとか続けるのだが、この時の元老には伊藤ではなく山県有朋がいた。

火を噴くような熱弁の、有名になった結びはこうである。

諸君、幸徳君らは時の政府に謀叛人と見做されて殺された。諸君、謀叛を恐れてはならぬ。謀叛人を恐れてはならぬ。自ら謀叛人となるを恐れてはならぬ。新しいものは常に謀叛である。（中略）諸君、我々は生きねばならぬ、生きるために常に謀叛しなければならぬ、自己に対して、また周囲に対して。

これほど痛烈な政府批判もなかった。この講演は文部省を驚愕《きょうがく》させ、一部の学生を憤激させた。しかし、校長の新渡戸稲造《にとべいなぞう》は平然として学生を擁護し、譴責《けんせき》処分を受ける。やはり、「新しいものは常に謀叛である」と思っていたからだろう。

澤地久枝は鶴について、「ケンカ鶴」と呼びたいほど強気な論陣を張る一方、先輩の川柳人の死に対してはまことにゆきとどいた文章を書く青年だったと評しているが、「井上剣花坊と石川啄木」の結びにもそれは表れている。

無慈悲に言ひかへれば、剣花坊は啄木につひに及ばなかったのである。しかしながらこうした故をもって、人々は直ちに剣花坊を軽蔑し去ってはならぬであらう。といふのはこの啄木の敏感さ、もしくは誠実さは、おそらく当時の人々の殆どが持ち合はさぬものであったらうし、またそれ故に啄木の明治文学史上における前駆者的地位が、高くぬき出てさんぜんたる光芒を放ってゐるのである。

それは啄木の「与へられた環境における実践」がもたらしたものであり、「こうした事情を考慮に入れずして、いま啄木と剣花坊を比較し、啄木の高さと剣花坊の低さを対照し、剣花坊を笑ひ去ることは大きな誤謬《ごびゅう》である。われわれはそのためにしばらく啄木と剣花坊がおのおのおかれてきた環境についてしらべて見よう」と続き、「この項つづく」となっている。

しかし、その「つづく」が書かれることはなかった。

補章　短歌と俳句の戦争責任

最初は鶴彬について書くつもりではなかった。手つかずのままになっている『ホトトギス』、なかんずく、高浜虚子の戦争責任を問おうと思ったのである。俳句界にそびえ立つ巨峰としての虚子を正面から批判する人はこれまでほとんどいなかった。

桑原武夫が「第二芸術」と言っても、虚子はそれを受け流した。また、小野十三郎《とおざぶろう》は俳句の五七五に七七が加わった短歌を「奴隷の韻律」と批判したが、それはそのまま俳句にも向けられる。虚子と同じように短歌界では斎藤茂吉という存在が仰ぎ見られている。

しかし、私は彼らを批判するよりは、鶴の権力を撃つ川柳を紹介した方が意義があるのではないかと思った。そして、私なりの鶴彬論、あるいは鶴彬伝を展開したが、出発点としての茂吉と虚子批判もここで披露しておきたい。もちろん、川柳にも戦争責任はある。川上三太郎などにも批判を加えたいが、鶴の川柳は川柳の枠を越えて光を放っている。

藤沢周平の斎藤茂吉批判

藤沢周平に「軒を出て狗《いぬ》寒月に照らされる」という句がある。結核を病んで療養所に入っていた時に藤沢周平こと小菅留治《こすげとめじ》は俳句の同人誌に投稿したりしていた。

汝を帰す胸に木枯鳴りとよむ
故郷には母古雛を祭るらむ
桐咲くや田を売る話多き村
メーデーは過ぎて貧しきもの貧し

藤沢らしい秀句だろう。作家の余技として見過ごせない芯がある。

その藤沢が同郷の山形出身の歌人、斎藤茂吉の戦争責任を厳しく追及している。

一九八九年十月十四日、郷里の鶴岡北高の如松同窓会東京支部のセミナーで「高村光太郎と斎藤茂吉」と題して講演し、「二人の作品と戦争との関係」を語ったのである。

藤沢はその二年前に岩手に旅行に行き、石川啄木、原敬、宮沢賢治、高村光太郎などの記念館を見てまわったが、光太郎の記念館の前にあった粗末な小屋にショックを受ける。

そこは光太郎が東京から疎開して住んだ小屋だった。

藤沢の生まれた村には知的障害がある「作右衛門」という人のために村はずれに親戚が建てた小屋があったが、光太郎の小屋はそれを思い出させるほど見すぼらしいものだった。

藤沢はこう続ける。

おそらく冬になったら吹雪の晩なんか中に雪が入ったんじゃないかと思います。そこに光太郎という人は七年間も住んだわけです。七年というのは疎開としてはあまりにも長いのですが、これはこの生活を光太郎が自己流謫《るたく》ととらえたからなのです。原因は戦争協力でした。戦争中に軍に協力したことを非常に後悔しまして、反省の生活に入った、その場所がこの小屋だったのです。

光太郎は美術界を代表して大政翼賛会の中央協力会議の議員になり、文学報国会の詩部会会長を務めた。そして、戦争を賛美し、国民をそれに駆りたてる詩を書いたのだが、その過去を清算するために、この小屋にこもって、自分がいかに無知で愚かだったかを告白する『暗愚小伝』という詩をまとめた。

戦後まもない一九四七年に光太郎は芸術院会員に推されたが、自分にその資格はないと断っている。

しかし、それから四年後、『典型』が読売文学賞に推された時は受け取った。

その事跡を振り返りつつ、藤沢は光太郎の胸中をこう推測する。


結局、『暗愚小伝』のように自分を全部さらけ出した作品が賞を受けたことによって、世の中から許されたという感じを持ったのではないかと思います。それで翌昭和二七年（一九五二）にようやく東京に帰ったのです。


そんな光太郎が七年住んだ「非常に粗末な小屋」を見ているうちに、藤沢は斎藤茂吉のことを思い出す。

光太郎より一つ年上だった茂吉は、一九四五年の四月に故郷に疎開し、大石田の名家の離れに住んだ。その時、茂吉六十三歳。妻子と離れての独居で病気をしたりもしているが、上下二部屋ずつある家で、光太郎の小屋とは比ぶべくもなかった。また、結城哀草果《ゆうきあいそうか》とか、板垣家子夫《かねを》とか、地元の歌の弟子が献身的に世話をしている。そこで茂吉は『白き山』という歌集をまとめた。

こういう経歴や状況が二人は大変似ているのですが、光太郎と茂吉の決定的な違いは、茂吉も戦争協力をしているのに、茂吉には光太郎のような自責の念がまったく無かったという事です。

茂吉の戦争協力というのは、実にたくさんの戦争賛美、戦意昂揚《こうよう》の歌、いわゆる戦争協力の歌を詠んだ事で、その中には東條首相賛歌などというくだらない歌もありました。これらの戦争協力の歌を抜粋しまして『万軍』という歌集にまとめましたが、こういう歌は観念的でスローガンみたいな事を述べているだけで、茂吉のものとしてはできがよくありません。戦争に関しては、いい歌も詠んでいるのですが、一方でつまらない歌を平気で詠んで、しかもそのことを全然恥じていないのです。

藤沢はこう指弾して、「それというのも、茂吉という人は自分でも戦争に夢中になった人」だと語る。

日中戦争が始まる前までは、まだ世の中を鋭く考察していて、五・一五事件の頃には、

おほっぴらに軍服を著《き》て侵入し来るものを何とおもはねばならぬか

という歌を作っているし、二・二六事件についても、日記に、「荒木、まさ木（真崎）等の国賊がからくりして遊んでいる」ためだと書いているが、日中戦争が始まると、たちまち、心情的に戦争に巻き込まれ、バンザイとなる。

その例に藤沢は一九四三年のある日の日記を挙げる。

敵ガニューブリテン島ニ上陸シタ。敵！　クタバレ、コレヲ打殺サズバ止マズ。止マズ！　生意気の敵ヨ、打殺サズバ止マズ

茂吉の元気は戦争が終わっても衰えなかった。

今日ノ新聞ニ天皇陛下ガマッカァーサーヲ訪ウタ御写真ガノッテイタ。ウヌ！　マッカァーサーノ野郎

これが敗戦一カ月余の一九四五年九月三十日の日記である。

「こういう風に熱狂的な戦争賛美者といいますか、協力者だった」茂吉の夢は、戦争が終わっても、まったく覚めることがなかった、と藤沢は指摘する。

一方、光太郎は『暗愚小伝』で、次のように言っている。

その時天皇はみづから進んで、
われ現人神《あらひとがみ》にあらずと説かれた。
日を重ねるに従って、

私の眼からは梁が取れ、
　いつのまにか六十年の重荷は消えた。

　これが戦後の普通の日本人の心境だったが、茂吉にはこういう自省がなかった。それで、あまりにもケロッとしているとして、戦争犯罪人に指定されるのではないかという話が出てくる。

　　軍閥といふことさへも知らざりしわれをおもへば涙しながる

『白き山』に入っているこの歌は戦犯指定を逃れるために詠んだとも言われる。藤沢によれば「茂吉には自分一人がやったわけではないという言い訳の気持ち」が強くあったのである。

　それには、茂吉の戦争中の歌をかばいにかばって伝記を書いた柴生田稔《しぼうたみのる》でさえ、「軍閥といふことさへも知らざりし」とは何事か、非常に情けない、と嘆いている。

光太郎に「わが詩をよみて人死に就けり」という詩がある。

その詩を戦地の同胞がよんだ。人はそれをよんで死に立ち向った。その詩を毎日読みかへすと家郷へ書き送った。潜航艇の艇長はやがて艇と共に死んだ

これは未完の詩らしく、『暗愚小伝』にも入っていない。
この詩片を引いて、藤沢はつぶやく。

戦争協力の詩とか歌とかは、それを読んで未練を断ち切って戦争に行った人があるかもしれない。それを気持ちの支えにして死地におもむいた人がいるかも知れないということを考えるべきものなので、文人とか小説家、歌人といった人に戦争責任があるとすれば、まさにこの一点にあるわけですが、茂吉の頭にそれがなかったのはいささかさびしい気持ちがします。

その理由の一つに、茂吉が職業的な歌人だったということが挙げられるかもしれない。茂吉にすれば、自分は頼まれて戦争協力の歌を詠んだのだということである。そのために自責の念が少なかった。

そして藤沢はもう一つ、「田舎者」を原因にする。

これは私の独断と偏見みたいなものですが、茂吉という人には田舎生れの一種の鈍感さみたいなものがあったのではないかという気がします。

茂吉はどちらかといいますと、歌と精神科の医師という職業に関しては非常に熱心であるけれども、他の事には本質的にあまり関心がなかったのではないかという気がいたします。

藤沢ももちろん、茂吉が「短歌界にそびえ立つ大きな山」であることを否定しているわけではない。茂吉のいない近代短歌界など想像するだに淋《さび》しい。

芸術家は結局残されたもので評価が決まります。茂吉は偉大な歌人だったし、いまなお偉大です。

ただ、いくら偉大な歌人であるからといって神様扱いするのは私は嫌いで、茂吉もやはり欠点の多い一人の人間とみたいわけです。戦争協力の一点をみても、人間的な欠点の多い人だという事がわかります。これもまた、隠すことなく茂吉の全体像の中に含めその上で、茂吉の業績をたたえるべきものだろうと思います。

この茂吉観に私もまったく異論はない。藤沢が茂吉の歌の中では、

あまつ日は松の木原のひまもりて
　つひに寂しき蘚苔《こけ》を照せり

といった「地味な叙景歌」が好きだというのにも共感できる。

ただ、茂吉に向けたこうした厳しい目を、どうして虚子には向けなかったのかという疑問を私は持つ。

藤沢の茂吉批判はそのまま虚子批判になるだろう。「文人とか小説家、歌人といった人に戦争責任があるとすれば」と藤沢は言っているが、なぜ俳人は抜けたのか。文人に含まれるとも言えるが、あるいは茂吉以上の虚子の戦争責任を追及したい。

高浜虚子の戦争責任

私は『俳句界』で「佐高信の甘口でコンニチハ！」という対談を続けているが、二〇一九年四月号掲載のゲスト、マブソン青眼《せいがん》の語った内容は衝撃だった。

一九六八年にフランスに生まれたマブソンはパリ大学大学院日本文学研究科に学んで一茶についての博士論文を書いたりしている。対談には俳人として招いた。

金子兜太《とうた》らと「昭和俳句弾圧事件記念碑の会」の呼びかけ人となり、「俳句弾圧不忘の碑」を建てたことなどについては後述するが、虚子に対する批判が具体的で鋭かったのである。

一九四〇年十二月二十一日に日本俳句作家協会が設立され、虚子は会長となった。そしてその日の『東京日日新聞』で「立派な国民精神を俳句によって作り上げるという目標の下に、大同団結する」と宣言した。

すでに虚子は一九三六年にドイツに行った時、「春風やナチスの旗もやはらかに」という句を作っているが、「大同団結」とは、戦争への疑問や反対を消してのそれだった。「立派な国民精神」とは何か。虚子は疑うこともしなかったのだろう。

一九四一年十二月八日の真珠湾攻撃の直後には「戦ひに勝ちていよいよ冬日和」と詠んでもいる。

マブソンは他にも虚子の作った「聖戦俳句」として「勝鬨《かちどき》はリオ群島に谺《こだま》して」「美しき御国の空に敵寄せじ」「日の本の武士《もののふ》われや時宗忌」などを挙げている。

そして、こういう人が翼賛団体として作られた日本俳句作家協会の会長をやり、一九四二年からは日本文学報国会俳句部長であり続けたことを問題にし、「終戦まで内閣情報局からその報酬を貰《もら》い続け、終戦間近になったら信州・小諸《こもろ》で優雅な疎開生活を送ることができた」と批判している。

さらに、二〇一三年十一月五日の『朝日新聞』夕刊で明らかになったこととして、『ホトトギス』本社所蔵の同誌の隠弊的削除に触れる。

たとえば一九四二年一月号の巻末の「消息」に「戦勝の新年を慶賀致し、皇軍の赫々《かつかく》たる戦果に唯々感激致すものであります」と書いてあるのや、同年三月号の「シンガポール陥落のことを心から慶祝いたします」とある部分が破られた状態で発見された。

これについてマブソンは「虚子ではなく、虚子の弟子が破ったかもしれませんが、GHQの責任追及を恐れていたということのほか、思えないです。ここで一度、能動的にファシズム国家に賛成していたことを認めなければいけないと思うんです。そうしないと、新しい現代の俳句が始まらない」と指摘しているが、虚子への根本的批判だろう。あるいは、いまだに隆盛を誇る『ホトトギス』への基本的批判である。

マブソンが「能動的に」と言っているのは、虚子は「俳句弾圧事件」の仕掛け人、小野蕪子に脅されて受動的に協力したのだという弁護があるためだが、受動的にならなおさらに情けない。

虚子の戦争責任を不問に付していることと、弾圧された俳人たちを顕彰しないことはメダルの裏表だろう。

残念ながら、その検証を具体的に進めたのも、日本の俳人ではなく、マブソンだった。ただ、金子兜太がマブソンに全面的に協力した。金子の最初の師の嶋田青峰《せいほう》が弾圧の受難者だったことにもよる。

フランスでは戦争に反対して逮捕された人たちは戦後、石碑を建てられたり、学校の名前になったりして称えられている。

たとえば、『星の王子さま』でも知られる詩人のサン＝テグジュペリは50フラン札にもなった。

それに反してと嘆きながら、マブソンが挙げた名に私は「アッ」と思ったのである。

彼は、「渡邊白泉《はくせん》の顔を千円札の顔にすれば、どれだけ国際的に日本が評価されるか」と言った。

「戦争が廊下の奥に立つてゐた」という句を作った渡辺の名を知っている人は残念ながら、そう多くはない。だから、千円札の顔にと言っても賛成する人は多くはないだろう。

しかし、虚子の虚名と対比した時に、それは当然と退けていいのか。

治安維持法で逮捕された四十四人の俳人の顕彰にマブソンは立ち上がり、長野県上田市の「戦没画学生慰霊美術館　無言館」に「俳句弾圧不忘の碑」が建てられることになった。金子は二〇一八年二月二十五日の除幕式に行くよと言っていたのだが、その五日前に亡くなった。

金子は終生、虚子をライバルとしていたという。ホトトギス流の花鳥諷月《ふうげつ》に反発し、人間のいのち、生き方に根ざした句を作りたいと思っていたからだろう。

茂吉や虚子の戦争責任を、私は鶴の川柳と生き方を対置することによって追及した。私の中では、鶴は茂吉や虚子よりもはるかに屹立《きつりつ》して輝いている。

おわりに

自ら謀叛人となることを恐れなかった鶴彬のある日の姿が『俳句研究』一九六五年二月号に活写されている。「川柳リアリズム宣言――ある日の鶴彬」と題したそれの筆者は横山林二である。

横山が鶴の「熾烈《しれつ》な闘志に接した」のは、鶴が権力によって殺される前年の一九三七年秋だった。

プロレタリア文学の中心組織「ナップ」が解散せざるをえなくなったのは一九三五年だが、作家や詩人たちがギリギリの抵抗として発行していた総合詩誌『詩精神』の創刊一周年記念祝賀会が新宿の「白十字」で開かれた。

これには詩人の遠池輝武、小熊秀雄や短歌の渡辺順三、俳人の栗林一石路、橋本夢道、横山林二に、川柳の鶴彬ともう一人が参加した。その時、横山ははじめて鶴に会ったのだが、「浅黒い、やや短軀《たんく》ではあるが、ガッシリとした体格で、見るからにファイトの炎えを感じさせる印象をうけた」という。

しかし、三、四時間にもわたった話し合いで、川柳のことがまったく話題にならない。ムッとした表情で一座をにらんでいたが、あるきっかけをつかんで、むっくり身体を起こすと、十五分ほど一気にまくしたてた。

横山によれば、それはこう記される。

帝国主義戦争は、公然と準備され、すでに満州、北支、上海《シャンハイ》において開始されている。しかるに昭和四年世界恐慌に端を発した日本資本主義の行ずまりは、あらゆる面に亘り、民衆の生活を破綻に陥し、社会矛盾はますます拡大する一方である。このような客観状勢下では、従来抒情《じょじょう》を本質としてきた詩歌では、現実把握や追求を行うのに不適格でありはしないか。川柳こそ、歴史的にいっても方法論的にいっても、現代世相を、虐げられた民衆の反抗思想を根に歌うことのできる唯一のジャンルであろう。すなわち、プロレタリアリアリズムは、思想的にも技術的にも、川柳のみが果し得るのである。
大御所の秋田雨雀《うじやく》がいても、弱冠二十八歳の鶴は少しもひるまなかった。「往々にして詩的レトリックに偏しがちな、進歩的詩人の盲点を衝いた」鶴の論に、横山は心中で快哉《かいさい》を禁じ得なかったが、川柳作家の若造が何を言うという感じで、鶴の話が終わらないうちに雑談を始めた彼らに鶴は怒りを爆発させた。

プロレタリアリアリズムの、日本における典型は川柳である。僕は川柳リアリズムを宣言する。この重大なる宣言にもかかわらず、あえて僕の論に耳を籍そうとしない人々があるが、それは無産者解放運動を真に理解できぬ者である。僕はかかる川柳軽蔑を指揮し、プロ文学の分野において、詩第一主義を誇るエリート意識がはびこっている事実を悲しむ。

顔を赤くし、テーブルを叩いて、こう言い放った鶴の熱気に会場は一瞬静かになり、次に万雷の拍手が響いた。蔑視されるものの中にこそ真実があるのだと鶴は宣言したのである。

横山は悪名高き警視庁の特高に捕まった鶴が、たとえば陰険な刑事の深瀬五郎に、

「ふてえ野郎だ、川柳屋のくせに戦争に反対しやがって」

と罵倒されたことなどを知る。

しかし、横山も指摘するように、「『川柳屋』だからこそ、いち早く、民衆の立場から戦争を批判した」のである。

「川柳リアリズム宣言！　昂然と言い切った鶴彬は、その宣言のとおり、自分をも民衆をも偽らずに、リアリズムを武器としたがために、敵階級に囚《とら》われ」てしまった。

「川柳を考えるとき、私の眼にはつねに、痛ましい死をとげたと伝えられる、鶴彬の面影がうかび、『民衆に誠実なれ』と語りかける」という横山はまた、こう言っている。


二・二六事件を契機に、「王道川柳」を提唱、民衆派柳人からファッショ柳人へ、変り身の素早さを見せた師剣花坊にくらべ、弟子鶴彬は終始変らず民衆柳人の節をまげなかった。川柳の光栄ある歴史は、彼によって守られたといっていい。

参考文献

古関裕而『鐘よ 鳴り響け――古関裕而自伝』主婦の友社、一九八〇年
佐高信『酒は涙か溜息か――古賀政男の人生とメロディ』角川文庫、二〇〇五年
澤地久枝・佐高信『世代を超えて語り継ぎたい戦争文学』岩波書店、二〇〇九年
澤地久枝『昭和・遠い日 近いひと』文藝春秋、一九九七年
鶴彬『反戦川柳人鶴彬の記録』一叩人編、『川柳 東』別冊、一九七三~七五年
一叩人『川柳 東』私家版
一叩人『鶴彬研究』私家版
鶴彬『鶴彬全集』一叩人編、たいまつ社、一九七七年
川崎五郎編『ドキュメンタリー川柳詩 鳩になった川柳人――一叩人作品集』西田書店、二〇〇六年
命尾かよ『婦人民主新聞』婦人民主クラブ、二〇〇七年二月二十日発行
一叩人編著『反戦川柳人・鶴彬――作品と時代』たいまつ新書、たいまつ社、一九七八年
平林たい子「砂漠の花」『主婦の友』主婦の友社、一九五五~五七年
佐高信『石原莞爾　その虚飾』講談社文庫、二〇〇三年
岡田一杜・山田文子編著『川柳人 鬼才〈鶴彬〉の生涯』日本機関紙出版センター、一九九七年
鶴彬『鶴彬全集（増補改訂復刻版）』私家版、一叩人編、久枝、一九九八年
「北國柳壇」『北國新聞』一九二四年十月二十五日付夕刊

澤地久枝『発信する声』かもがわ出版、二〇〇七年
城山三郎『大義の末』新装版、角川文庫、二〇二〇年
鶴彬「若き精神を讃へる唄――井上剣花坊をとむらふ」『川柳人』二六六号、一九三四年
澤地久枝「忘れ得ぬ人　鶴彬――二十九年の遍歴」『北國文華』復刊2号、北國新聞社、一九九九年
佐高信『城山三郎の昭和』角川文庫、二〇〇四年
佐高信『司馬遼太郎と藤沢周平――「歴史と人間」をどう読むか』知恵の森文庫、光文社、二〇〇二年
城山三郎『落日燃ゆ』新潮文庫、一九七四年
澤地久枝「書いて伝えること、それが私の役割です」『俳句界』十二月号、二〇〇九年
坂本幸四郎『雪と炎のうた――田中五呂八と鶴彬』たいまつ新書、たいまつ社、一九七七年
坂本幸四郎『井上劍花坊・鶴彬――川柳革新の旗手たち』リブロポート、一九九〇年
秋山清「ある川柳作家の生涯――反戦作家ツルアキラ」『思想の科学』九月号、中央公論社、一九六〇年
坂本幸四郎『新興川柳運動の光芒』朝日イブニングニュース社、一九八六年
岡本潤『罰当りは生きている――ひんまがった自叙伝（I）』未来社、一九六五年
岡本潤『罰当りは生きてゐる　岡本潤詩集』解放文化連盟、一九三三年
小熊秀雄「馬車の出発の歌」『小熊秀雄全集』第四巻、創樹社、一九七七年
高橋磌一『歴史と庶民の対話』新日本新書、新日本出版社、一九七一年
高橋磌一『歴史の眼』三一新書、三一書房、一九五九年
佐高信『現代を読む　100冊のノンフィクション』岩波新書、一九九二年

佐高信『時代を撃つノンフィクション100』岩波新書、二〇二一年
大江健三郎『ヒロシマ・ノート』岩波新書、一九六五年
原田正純『水俣病』岩波新書、一九七二年
城山三郎『鼠――鈴木商店焼打ち事件』文春文庫、二〇一一年
田中伸尚・佐高信『蟻食いを噛み殺したまま死んだ蟻――抵抗の思想と肖像』七つ森書館、二〇〇七年
楜沢健『だから、鶴彬』春陽堂書店、二〇一一年
佐高信「週末オススメ本ミシュラン　国家が怯えた肺腑をえぐる川柳」『日刊ゲンダイ』二〇一五年三月十六日付
加藤陽子『それでも、日本人は「戦争」を選んだ』朝日出版社、二〇〇九年
加藤陽子・佐高信『戦争と日本人――テロリズムの子どもたちへ』角川ｏｎｅテーマ21、角川学芸出版、二〇一一年
井上剣花坊『大正川柳』十一月号、一九二〇年
吉川英治『忘れ残りの記』吉川英治歴史時代文庫77、講談社、一九八九年
添田知道『演歌の明治大正史』添田唖蟬坊・知道著作集4、刀水書房、一九八二年
天田愚庵「東海遊俠傳――一名次郎長物語」『愚庵全集』政教社、一九二八年
正岡子規『子規歌集』土屋文明編、岩波文庫、一九五九年
正岡子規『墨汁一滴』岩波文庫、一九二七年
大坪草二郎『愚庵の生涯とその歌』葦真文社、一九七九年

長谷川如是閑「『秋剣』を想ふ」『川柳人』十一月号、剣花坊追悼號、一九三四年
鶴彬「現代川柳作家諷詩集(1)阪井久良岐」『蒼空』第三号、一九三六年
真下飛泉「戦友」『共和の夢　膨張の野望』張競・村田雄二郎編、岩波書店、二〇一六年
井上幸一『川柳を作る人に』南北社、一九一九年
「川柳おばあさん思い出話——剣花坊未亡人井上信子さん」『婦人朝日』三月号、一九五一年
井上信子『氷原』四月号、一九二九年
谷口絹枝『蒼空の人・井上信子——近代女性川柳家の誕生』葉文館出版、一九九八年
田辺聖子『川柳でんでん太鼓』講談社文庫、一九八八年
『川柳年鑑』一九七二年版、川柳年鑑刊行会編、雄山閣出版、一九七一年
田中五呂八「生きんとする自己」『氷原』創刊号、一九二三年
鶴彬「川柳の神様のヘド——うやうやしく木村半文銭にさ、げる」『火華』二十四号、一九三七年
竹中労『自由への証言』エフプロ出版、一九七七年
大谷敬二郎『昭和憲兵史』みすず書房、一九六六年
「丸太にされた鶴彬　ある川柳作家の生と死——朝日放送ラジオから」『川柳人』六百五十三号、一九八六年
柳広司『アンブレイカブル』KADOKAWA、二〇二一年
秋山清『啄木と私』たいまつ新書、たいまつ社、一九七七年
山本有三『女の一生』上・下、新潮文庫、一九五一年
石川啄木『新編 啄木歌集』久保田正文編、岩波文庫、一九九三年

石川啄木『石川啄木全集』第七巻、筑摩書房、一九七九年
石川啄木「性急な思想」『時代閉塞の現状』岩波文庫、一九七八年
石川啄木『石川啄木全集』第四巻、筑摩書房、一九八〇年
徳冨健次郎『謀叛論』岩波文庫、一九七六年
藤沢周平『藤沢周平句集』文春文庫、二〇一七年
『藤沢周平　とっておき十話』澤田勝雄編、大月書店、二〇一一年
『詩稿「暗愚小伝」高村光太郎』北川太一編、二玄社、二〇〇六年
斎藤茂吉『歌集 白き山』岩波書店、一九四九年
「連載 佐高信の甘口でコンニチハ！」『俳句界』四月号、文學の森、二〇一九年
サン＝テグジュペリ『星の王子さま』内藤濯訳、岩波少年文庫、二〇〇〇年
横山林二「川柳リアリズム宣言――ある日の鶴彬」『俳句研究』二月号、俳句研究社、一九六五年

JASRAC 出 2300619―303